OS ESPIÕES

OS ESPIÕES

Copyright © 2009 by Luis Fernando Verissimo

Grafia atualizada segundo o Acordo Ortográfico da Língua Portuguesa de 1990, que entrou em vigor no Brasil em 2009.

Capa e projeto gráfico Casa Rex
Preparação Julia Passos
Revisão Eduardo Russo e Andrea Souzedo

Os personagens e as situações desta obra são reais apenas no universo da ficção; não se referem a pessoas e fatos concretos, e não emitem opinião sobre eles.

Dados Internacionais de Catalogação na Publicação (CIP)
(Câmara Brasileira do Livro, SP, Brasil)

Verissimo, Luis Fernando
    Os espiões / Luis Fernando Verissimo. – 2ª ed. – Rio de Janeiro : Alfaguara, 2022.

    ISBN: 978-85-5652-152-1

    1. Ficção brasileira I. Título.

22-133287   CDD-B869.3

Índice para catálogo sistemático:
1. Ficção : Literatura brasileira   B869.3

Cibele Maria Dias – Bibliotecária – CRB-8/9427

[2022]
Todos os direitos desta edição reservados à
EDITORA SCHWARCZ S.A.
Praça Floriano, 19 — Sala 3001 — Cinelândia
20031-050 — Rio de Janeiro — RJ
Telefone: (21) 3993-7510
www.companhiadasletras.com.br
www.blogdacompanhia.com.br
facebook.com/editora.alfaguara
instagram.com/editora_alfaguara
twitter.com/alfaguara_br

O QUE AMAREI SE NÃO FOR O ENIGMA?

GIORGIO DE CHIRICO

1.

Formei-me em Letras e na bebida busco esquecer. Mas só bebo nos fins de semana. De segunda a sexta trabalho numa editora, onde uma das minhas funções é examinar os originais que chegam pelo correio, entram pelas janelas, caem do teto, brotam do chão ou são atirados na minha mesa pelo Marcito, dono da editora, com a frase "Vê se isto presta". A enxurrada de autores querendo ser publicados começou depois que um livrinho nosso chamado *Astrologia e amor — Um guia sideral para namorados* fez tanto sucesso que permitiu ao Marcito comprar duas motos novas para sua coleção. De repente nos descobriram, e os originais não param mais de chegar. Eu os examino e decido seu futuro. Nas segundas-feiras estou sempre de ressaca, e os originais que chegam vão direto das minhas mãos trêmulas para o lixo. E nas segundas-feiras minhas cartas de rejeição são ferozes. Recomendo ao autor que não apenas nunca mais nos mande originais como nunca mais escreva uma linha, uma palavra, um recibo. Se *Guerra e paz* caísse na minha mesa numa segunda-feira, eu mandaria seu autor plantar cebolas. Cervantes? Desista, *hombre*. Flaubert? Proust? Não me façam rir. Graham Greene? Tente farmácia. Nem Le Carré escaparia. Certa vez recomendei a uma mulher chamada Corina que se ocupasse de afazeres domésticos e poupasse o mundo da sua óbvia demência, a de pensar que era poeta. Um dia ela entrou na minha sala brandindo o livro rejeitado que publicara por outra editora e o atirou na minha cabeça. Quando me perguntam a origem da pequena cicatriz que tenho sobre o olho esquerdo, respondo:

— Poesia.

Corina já publicou vários livros de poemas e pensamentos com grande sucesso. Sempre me manda o convite para seus lançamentos e sessões de autógrafos. Soube que sua última obra é uma compilação de toda a sua poesia e prosa, com quatrocentas páginas. Capa dura. Vivo aterrorizado com a ideia de que ainda levarei esse tijolo na cabeça.

Uma ameaça imediata vinha do Fulvio Edmar, autor do *Astrologia e amor*, que nunca recebera os direitos autorais pela sua obra. Ele pagara pela primeira edição e achava que deveria receber os direitos integrais de todas as edições depois que o livro estourara. O Marcito não concordava. E eu é que tinha que responder as cobranças cada vez mais desaforadas de Fulvio Edmar. Há anos trocávamos insultos por cartas. Nunca nos encontráramos. Ele já descrevera com detalhes como faria para que meus testículos substituíssem minhas amídalas quando isso acontecesse. Eu já o avisara que carregava sempre uma soqueira no bolso.

Mesmo as minhas cartas de rejeição mais violentas, minhas diatribes de segunda-feira, terminam com um P. S. amável.

Instrução do Marcito. Se a pessoa estiver disposta a pagar pela edição do seu livro, a editora terá enorme prazer em rever sua avaliação etc. etc. Conheci o Marcito na escola. Os dois com quinze perebentos anos. Ele sabia que as minhas redações eram as melhores da turma e me convidou para escrever histórias de sacanagem, que reunia num caderno grampeado, intitulado *O punheteiro*, e alugava para quem quisesse levá-lo para casa, com a condição de devolver no dia seguinte sem manchas. Depois da escola passamos anos sem nos ver até que descobri que ele abrira uma editora e fui procurá-lo. Eu tinha escrito um romance e queria publicá-lo. Não, não era de sacanagem. Demos boas risadas lembrando os tempos de *O punheteiro*, mas o Marcito disse que, a não ser que eu pagasse pela edição, não tinha como publicar meu romance, uma história de espionagem sobre um fictício programa nuclear brasileiro abortado pelos americanos. A editora estava recém começando. Ele era sócio de um tio, fabricante de adubo, cujo único interesse na editora era a publicação de um almanaque mensal distribuído entre seus clientes no interior do estado. Mas Marcito me fazia uma proposta. Tinha planos para criar uma editora de verdade. Precisava de alguém que o ajudasse. Se eu fosse trabalhar com ele, eventualmente publicaria meu romance. Não podia prometer um grande salário, mas... Lembrei que ele não dividia comigo o dinheiro do aluguel de *O punheteiro*. Ia certamente me explorar de novo. Mas a ideia de trabalhar numa editora me seduzia. Afinal, eu me formara em Letras e na época era funcionário de uma loja de vídeos. Estava com trinta anos. Tinha recém me casado com a Julinha. O João (a Julinha não aceitou que ele se chamasse Le Carré) estava para nascer. Topei. Isso foi há doze anos. Minha primeira tarefa na editora foi copiar um texto sobre camaleões de uma enciclopédia, para incluir no almanaque. Escolha profética:

o camaleão é um bicho que se adapta a qualquer circunstância e desaparece contra o fundo. Desde então é isso que eu faço. Leio originais. Escrevo cartas. Redijo quase todo o almanaque para ajudar a vender adubo. Me lamento e bebo. E, lentamente, desapareço contra o fundo.

A editora cresceu. Descobri que o Marcito não era só um filho de pai rico cretino como eu sempre imaginara. Tinha um gosto, que eu jamais suspeitaria num colecionador de motos, pelo Simenon. Depois do sucesso de *Astrologia e amor*, começamos a publicar mais livros, na maioria pagos pelo autor. Alguns até vendem, se tivermos sorte ou a família do autor for grande. Vez que outra eu recomendo a publicação de um original que chega à minha mesa. Principalmente se o examino numa sexta-feira, quando estou cheio de boa vontade com a humanidade e suas pretensões literárias, pois sei que o dia acabará na mesa do bar do Espanhol, onde começa o meu porre semanal. Meus três dias de consciência embotada pela cachaça e a cerveja em que me livro de mim mesmo e de *mi puta vida*. Meu companheiro mais frequente na mesa do Espanhol é o Joel Dubin, que vai na editora duas vezes por semana, quartas e sextas, para fazer a revisão do almanaque ou de provas de eventuais livros em preparação e cujos olhos azuis, dizem, alvoroçam as meninas no cursinho pré-vestibular em que dá aulas de português, apesar da sua baixa estatura. Ele jura que nunca comeu nenhuma aluna, embora prometesse loucas noites de amor às que passassem no vestibular. Sei pouco sobre a vida sexual real do Dubin, fora a certeza de que é melhor do que a minha. As cadeiras do bar do Espanhol têm uma vida sexual melhor do que a minha. Dubin costumava se enternecer por namoradas impossíveis. Certa vez estava quase brigando com uma quando ela perguntou a um garçom se não tinham frisante sem bolinha. Decidiu que não poderia deixá-la solta no mundo, e quase se casaram. Fazia poemas, maus poemas. Se apresentava como "Joel Dubin, poeta menor". Tinha um poema que repetia sempre para namoradas em potencial, algo sobre ser uma hipotenusa em riste atrás de um triângulo que a acomodasse, e que chamava de "cantada geométrica". As que entendiam o poema ou sorriam só para agradá-lo ele descartava porque não queria nada com intelectuais. Preferia as que gritavam "O quê?!".

Dubin e eu tínhamos longas discussões, na editora e na mesa do bar, sobre literatura e gramática, e discordávamos radicalmente quanto à colocação de vírgulas. Dubin é um oficialista, diz que há leis para o uso da vírgula que devem ser respeitadas. Eu sou relativista: acho que vírgulas são como confeitos num bolo, a serem espalhadas com parcimônia nos lugares onde fiquem bem e não atrapalhem a degustação. Não é raro eu re-revisar uma revisão do Dubin e cortar as vírgulas que ele acrescentou ou acrescentar esparsas vírgulas minhas em desafio às regras, onde acho que cabem. No bar, nossas conversas começavam com a vírgula e depois se expandiam, abrangendo a condição humana e o Universo. Ficavam mais vitriólicas e estridentes à medida que nos embebedávamos, até o Espanhol vir pedir para baixarmos a bola. Difamávamos todos os escritores da cidade, com rancor crescente. Ainda hoje não sei se o Dubin me acompanha até o fundo nos meus mergulhos semanais na inconsciência. Não sei como chego em casa nas sextas-feiras. Talvez seja carregado por ele, que não bebeu tanto. Nunca perguntei. No fim das tardes de sábado nos encontrávamos outra vez na mesma mesa do bar do Espanhol e retomávamos a mesma bebedeira e a mesma conversa insana. Era uma maneira de dramatizar nossa própria mediocridade sem saída, uma

forma de flagelação mútua pela banalidade. Dubin chamava nossas discussões intermináveis de pavanas para mortos-vivos. Uma vez ficamos quase uma hora gritando um para o outro, a respeito de não me lembro que dúvida gramatical:
— Ênclise!
— Próclise!
— Ênclise!
— Próclise!
— Ênclise!
— Próclise!
Até o Espanhol fazer sinal, de trás do balcão, para baixarmos a bola.

Também não sei como chego em casa nas madrugadas de domingo. Passo os domingos dormindo. A Julinha e o João iam almoçar na casa da irmã dela. Ficávamos só eu e o cachorro, o Black. A doce Julinha com quem me casei porque estava grávida desapareceu dentro de uma mulher gorda e amarga do mesmo nome e nunca mais foi vista. Aos domingos ela só deixava comida para o cachorro. Se eu quisesse comer, precisava negociar com o Black. Ela não falava mais comigo. O João estava com doze anos e também não falava mais comigo. Só quem falava comigo era o Black. Pelo menos seu olhar parecia dizer "Eu entendo, eu entendo". No fim das tardes de domingo vou de novo encontrar o Dubin no bar do Espanhol. Que não é espanhol. Chama-se Miguel e começou a ser chamado de "Dom Miguel" pelo professor Fortuna, e depois de "Espanhol". O professor Fortuna também não é professor. Frequentava o bar, mas não se sentava conosco. Dizia que não gostava de se misturar, referindo-se não a nós, mas à humanidade em geral. Explicava que chamava o Espanhol de Espanhol porque ele lhe lembrava Miguel de Unamuno, que conhecia pessoalmente. Pelo que sabíamos, Unamuno nunca estivera em Porto Alegre e o professor nunca saíra daqui. Às vezes desconfiávamos que ele nunca saíra do bar do Espanhol. E, mesmo, as idades não combinariam, embora o professor seja bem mais velho do que eu e o Dubin. "Um blefe", é o que ele dizia de Unamuno. Suspeitávamos que o professor não lera nenhum dos autores sobre os quais tinha opiniões definitivas. Costumava dizer:

— O homem é Nietzsche. O resto é lixo.
— E Heidegger, professor?

Ele esfregava a cara com as duas mãos, invariável prelúdio para uma das suas sentenças categóricas.

— Enganador.

Marx?

— Já deu o que tinha que dar.

Camus?

— Veado.

O professor Fortuna tinha sempre a barba por fazer e vestia um sobretudo cor de rato molhado, fosse qual fosse a estação do ano. Não é um homem feio, mas era tão difícil acreditar nas peripécias sexuais que contava ("aprendi na Índia") quanto acreditar que lia grego no original, como também afirmava. Dizia que qualquer dia me entregaria para publicação o livro que estava escrevendo, uma resposta à *Crítica da razão pura* com o título provisório de *Anti-Kant*. Sabíamos quase nada da sua vida, mas tínhamos certeza de que o livro não existia e que ele nunca lera Kant. Ou Nietzsche. Dubin e eu frequentemente o envolvíamos em nossas discussões, mesmo quando a sua mesa estava longe da nossa e tínhamos que gritar para que nos ouvisse.

— Qual é sua posição sobre a vírgula, professor?

E ele:

— Sou contra!

Tese do professor: vírgula qualquer um põe onde quiser. O verdadeiro teste para um escritor é o ponto e vírgula, que, segundo ele, até hoje ninguém soube como usar. Salvo, talvez, o Henry James, que ele obviamente também nunca leu. Um debate reincidente entre nós era se livros policiais e de espionagem podem ser boa literatura. Eu dizia que sim, o Dubin não tinha certeza e o professor não tinha dúvida: era lixo. Ele reagia às minhas evidências em contrário com sons de desprezo. Graham Greene? Bó! Rubem Fonseca? Blech! Raymond Chandler? Acht! Uma vez perguntei se ele tinha comprado um certo livro do John le Carré.

— Pra quê? Já tenho papel higiênico em casa.

Só não me levantei para bater nele porque não conseguiria. Era sábado e eu já estava a meio caminho do fundo.

Por que estou contando tudo isso? Tome como um pedido de misericórdia ou um pedido de castigo. Um atenuante para o que virá, ou um agravante. Minha defesa ou minha condenação. Era isso que eu era quando chegou o primeiro envelope branco. Era isso que nós éramos. Mortos-vivos barulhentos mas inocentes. Juro, inocentes. Ou tome como apenas uma descrição do cenário contra o qual eu desaparecia, como um camaleão, quando a história começou. Primeiro capítulo, primeira cena, dois pontos: um pântano sulfuroso, um lago de lamúrias, onde certo dia pousou um envelope branco como um pássaro perdido.

Agora está tudo terminado, o que estava nas estrelas para acontecer aconteceu, e não somos mais inocentes. Ou pelo menos aqueles inocentes. Nada pode ser feito, nada pode ser desfeito, ficou só a história para contar e a culpa para metabolizar. Nos amaldiçoem, por favor. Sejam caridosos e nos amaldiçoem.

* * *

O primeiro envelope branco chegou na editora pelo correio numa terça-feira. Eu ainda estava com restos da ressaca de segunda, por pouco não o joguei na cesta de papéis sem sequer abri-lo. Mas a letra com que fora endereçado, por alguma razão, me deteve. Algo de suplicante naquelas letras maiúsculas feitas por uma mão trêmula, que poderia ser de uma criança, me fez abrir o envelope. Dentro havia um maço de quatro folhas entre capas transparentes, presas por uma espiral. Na primeira folha, apenas um título, "Ariadne", feito com caneta esferográfica, com uma florzinha em cima do "i". Até o fim, a única coisa que eu realmente nunca entendi nessa história foi a florzinha em vez do ponto do "i". Se tivesse entendido a florzinha, a história não teria acontecido e todos estaríamos salvos. Entre a primeira e a segunda folha, um bilhete dobrado. Alguém que se assinava "Uma amiga", dizendo que a autora daquelas folhas não sabia que elas tinham sido xerocadas e mandadas para a editora. Eram as primeiras páginas de um diário, ou de uma autobiografia, ou de uma confissão. A "amiga" pedia que o texto fosse examinado "com carinho". Se sua publicação nos interessasse, mandaria o resto do livro quando ficasse pronto. Um "sim" da editora ajudaria a convencer a autora a terminar o que começara naquelas poucas páginas. "Por favor digam sim!", terminava o bilhete.

Li as primeiras linhas do texto manuscrito.

"Meu pai conheceu um pintor na Europa que era obcecado por Ariadne. Devo o meu nome à obsessão de alguém que nunca vi. Às vezes penso que toda a minha vida foi regida pelas obsessões dos outros. Ao menos a obsessão que me matará será só minha pois nada é tão autoindulgente e solitário quanto o suicídio. Mas não agora não agora."

"Obsessão" estava escrito errado, mas isso não me fez atirar as folhas na cesta como fazia com os originais da Corina, que escrevia "luzedia". Continuei a ler. "Ariadne" tinha vinte e cinco anos. Não se suicidaria em seguida porque "preciso ir me fechando aos poucos como alguém que fecha a casa antes de viajar. Janela por janela peça por peça. Primeiro o coração". Só com o coração fechado ela poderia se vingar do que tinham feito com ela e com alguém que chamava de "o Amante Secreto". Se vingar dos que tinham destruído tudo, "nosso passado o salão da velha casa com as velas acesas no chão o canto do jardim em ruínas em que ele disse que se a Lua sorrisse seria parecida comigo e eu gritei 'Está me chamando de cara de Lua?!' e ele me beijou na boca pela primeira vez". Só sem o coração para detê-la se vingaria, como eles mereciam, do que tinham feito com seu pai também, "coitadinho tão distraído que até agora não deve saber que está morto". Nas quatro folhas manuscritas não se ficava sabendo quem eram os "eles", de quem Ariadne se vingaria antes de se suicidar. Ou como seriam, a vingança e o suicídio. As quatro folhas terminavam com a autora evocando "a casa do ipê-amarelo", onde, presumi, estavam o salão com as velas no chão e o jardim em ruínas em que ela e o Amante Secreto se encontravam.

Fiquei fascinado com o texto. Não pelo seu valor literário — aquela Lua sorridente era um pouco demais para meu estômago, que ainda se recuperava do fim de semana. Não sei explicar o encantamento, o que significa que não sei explicar essa história. Era mais um deslumbramento, no sentido original de uma luz desfazendo sombras. Uma súbita invasão do escuro em que eu vivia. Ariadne invadira o meu cérebro junto com a luz que emanava do seu texto. Num instante eu a imaginei inteira, e tão intensamente que o sentimento seguinte foi um absurdo ciúme do "Amante Secreto"! Ou talvez o que me atraísse fosse a tragédia iminente no texto, minha identificação com uma cossuicida em formação. Ou então a completa ausência de vírgulas.

Olhei atrás do envelope. O endereço da remetente era uma caixa postal na cidade de Frondosa.

A secretária do Marcito se chama Bela. É uma italianona alta e loira com bochechas rosadas. Trabalhamos na mesma sala. Sempre que chegava na editora, o Dubin cantava "Bela Bela giovanella", e ela revirava os olhos e suspirava, exausta do efeito que tinha sobre homens bobos. Aos convites do pequeno Dubin para irem tomar café colonial na serra ("Meu sonho é possuí-la entre sete tipos diferentes de geleia", dizia ele), ela sugeria que ele a procurasse quando crescesse. A bela Bela tem um namorado maior do que ela, mas não sabemos o que acontece quando o Marcito a chama para a sua sala e fecha a porta. Seja o que for que fazem lá dentro, fazem em silêncio.

Estávamos só ela e eu na editora na tarde em que chegou o envelope branco e perguntei se ela sabia onde ficava Frondosa.

— Frondosa, Frondosa... Lá na minha zona não é.

A bela Bela vivera no interior de uma zona de colonização italiana até os quinze anos. Dubin dizia que tinha fantasias eróticas com a bela Bela andando entre porcos com seus pés nus. Sonhava com a batata das suas pernas enlameadas. Dizia que seu fetiche era panturrilha de camponesas adolescentes. Perguntava à bela Bela se o padre da paróquia a botava no colo e acariciava a batata das suas pernas e queria saber detalhes. A bela Bela não achava graça.

— O Túlio deve saber onde fica isso — disse a bela Bela, apontando para o envelope branco.

Túlio é um representante da fábrica de adubos do tio do Marcito. Viaja por todo o interior do estado. É ele quem distribui o almanaque entre os clientes da fábrica. Certamente saberia tudo sobre Frondosa.

— Ele vem amanhã — lembrou a bela Bela, antes de voltar para a sua *Contigo*.

Ariadne. Florzinha em cima do "i". Um nome fictício? O pai, fictício ou não, escolhera o nome. Como era mesmo o mito de Ariadne? Filha de Minos, rei de Creta. Apaixonada por Teseu, a quem dera um novelo de linha para ajudá-lo a sair do labirinto depois de matar o Minotauro. Ariadne ficara segurando a ponta da linha para o amante, na entrada do labirinto. Agora havia uma Ariadne, fictícia ou não, na ponta de uma linha num lugar chamado Frondosa. A outra ponta da linha estava ali na minha frente. Um fiapo de linha. Nada. Apenas o número de uma caixa postal num lugar desconhecido, atrás de um envelope branco. Apenas um começo.

2.

— Acho que já li essa frase em algum lugar — disse o Dubin.
— Qual?
— Se a Lua sorrisse, pareceria com você. E não foi numa parede de banheiro.

Era quarta-feira. O Dubin chegara com sua saudação de sempre — "bela Bela giovanella" — e lera as quatro folhas manuscritas, depois de ler a carta que as acompanhava. Seu palpite era que a "Amiga" da carta e a "Ariadne" do texto eram a mesma pessoa. A ausência de vírgulas nos dois casos as denunciava. Gostara do texto. A autora era obviamente alguém que tinha o hábito de ler, apesar das falhas de pontuação e dos erros de ortografia. Ele não acreditava que fosse o texto de uma suicida. Não uma suicida de verdade.

— É ficção. Falso desespero literário. Dá muito no interior.

O Dubin inventara uma cidade do interior do estado que chamava de Santa Edwige dos Aflitos e que resumia todo o seu desprezo afetuoso por quem não mora na capital. Vez que outra nos fornecia dados novos sobre a cidade, que tinha "o melhor Carnaval do vale do Piruiri", um rio que ele também inventou. Era a maior produtora de feno do Brasil e todos os anos fazia uma Festa Nacional do Feno, ou Fenafeno, com eleição da rainha e das princesas da festa em bailes no Clube Comercial, onde uma vez o Agnaldo Rayol se apresentara e a mulher do prefeito dera vexame, agarrando-se às suas pernas. Segundo Dubin, havia uma Academia de Letras Aflitense com cento e vinte sete membros e um time de futebol que fora o último colocado na última divisão do estado e esperava a criação de outra divisão para poder ser rebaixado. A Academia de Letras Aflitense estaria cheia de Ariadnes como a nossa, talvez só mais velhas e com um texto pior. Nenhuma suicida de verdade.

Túlio chegou e nos cumprimentou com os alegres abanos de costume ("Senhores! Senhorinha!"), mas dessa vez interrompi sua rápida passagem pela nossa sala para o escritório do Marcito. Perguntei o que ele poderia nos dizer sobre uma cidade chamada Frondosa. Ele nem precisou pensar.

— Frondosa? Galotto.
— Galotto?
— Fábrica Galotto. Os donos da fábrica são os donos da cidade.
— É um grupo forte?
— Forte. Rico. O mais forte da região.
— Onde fica Frondosa?
— Tem um mapa do estado aí?

Tinha. O dedo do Túlio sobrevoou uma área do mapa por alguns segundos até encontrar o ponto certo e aterrissar. Lá estava ela. Frondosa.

— É uma região muito bonita. A cidade não é grande

coisa. Parece que se chama assim por causa de uma grande árvore na praça, que não existe mais.

Túlio é um homem corpulento, com quase dois metros de altura e uma simpática cara de turco. Viaja por todo o estado vendendo adubo e distribuindo o nosso almanaque e tem conhecidos em toda parte. Conhecia alguém em Frondosa?

— Deixa ver... Conheço mais o pessoal da cooperativa agrícola. Mas espera: conheço um Galotto.

— Um dos donos da fábrica?

— A fábrica não é mais dos Galotto. Ficou o nome, mas os donos são outros. Quem começou o negócio foi o velho Aldo Galotto, uma funilaria. Passou pro filho, não me lembro o nome, que expandiu o negócio. Virou uma potência. Mas o filho do filho não queria nada com a fábrica, era pintor. Viveu muito tempo na Europa. Conhecia muitos artistas. A fábrica acabou nas mãos de um genro dele, da família Martelli, e os Galotto ficaram sem nada. Esse Galotto que eu conheço vive não sei do quê. Acho que a irmã dá dinheiro. É um bom sujeito, bom papo, mas um desocupado. Passa todo o tempo jogando sinuca. E bebe como um desgraçado.

— São só um filho e uma filha, do artista?

— Não sei. Acho que tem um irmão mais moço. Ou tinha. Aconteceu alguma coisa com ele. Não consigo me lembrar o quê... Ou então foi com outro da família. Não me lembro.

— Você sabe o nome da irmã?

— Da casada com o Martelli? Não. Mas posso descobrir. Por que vocês querem saber tudo isso?

Foi o Dubin quem respondeu:

— Prospecção de novos autores.

Túlio descobriria o nome da moça. Era improvável que fosse a nossa Ariadne. Só a referência ao pai artista que conhecera artistas na Europa a ligava aos Galotto. E se fosse a mesma pessoa, dificilmente estaria usando o próprio nome. Precisávamos investigar. Primeiro passo: responder a carta da "Amiga". Escrevi dizendo que a amostra do trabalho da "Ariadne" tinha nos impressionado bastante e que mandasse o resto do texto. Ajudaria se nos desse mais informações, sobre si mesma e sobre a autora. Estávamos pensando seriamente em editar o livro, se a qualidade do material restante fosse do mesmo nível da amostra, mas não podíamos tratar com anônimas, sem saber com quem estávamos falando. Uma fotografia de "Ariadne" também seria importante. Assinei a carta, sem saber por que, com um pseudônimo, Agomar Peniche, diretor editorial. Segundo passo: entrei no escritório do Marcito, atirei as quatro folhas sobre a sua mesa e disse: "Isso presta". Ele nem olhou para as folhas. Perguntou o que eram. Contei e disse que valiam um investimento. O que provocou uma careta de dor.

— Quanto?

— Não sei — respondi. — Não sei nem que tamanho terá o livro.

Marcito continuava sofrendo.

— Você acha que vende?

— Acho que estaremos lançando uma boa nova escritora, o que será importante em matéria de prestígio e reconhecimento crítico para a editora. Ou nós só estamos interessados em ganhar dinheiro?

— Você eu não sei, mas eu estou.

— E a história pode ser verdadeira. Pode ser um *succès de scandale*.

O Marcito me mandou embora com um gesto, irritado menos pela minha insistência do que pelo meu francês. Deduzi que ele dissera "sim".

Naquela sexta-feira levei o manuscrito para o bar do Espanhol, para ter o parecer do professor Fortuna. Tese do professor: a literatura, como a estiva e a Fórmula 1, não é para mulheres. A todos os meus exemplos de grandes escritoras ele sacudia a cabeça de um lado para o outro com um sorriso demoníaco. Dizia que só o que as mulheres conseguem com sua literatura é enlouquecer a si próprias e quem está por perto. Dizia que mulheres escritoras já arruinaram a vida de mais homens do que as putas e as cartas. Ele tinha sérias dúvidas sobre a conveniência de ensinar mulheres a escrever e pregava uma firme ação corretiva à primeira manifestação de ambição literária em meninas. Por isso nos surpreendeu quando terminou de ler as quatro folhas e declarou:

— Não está ruim.
— Gostou, professor?!
— Não está ruim.
— Virginia Woolf ou Madame Dely?
— Me parece mais Ivona Gabor.

Dubin e eu nos entreolhamos. Ivona Gabor?!

— Húngara — continuou o professor. — Vocês, é claro, não conhecem.
— O que ela escreveu?

O professor suspirou e fez um gesto vago. Não podíamos esperar que ele se lembrasse assim, na hora, da obra de Ivona Gabor. Que, aparentemente, era extensa.

— Ela já morreu?
— Há muito tempo. Se matou, não sem antes enlouquecer o marido e toda a família. Mais um exemplo da imprudência da alfabetização indiscriminada.

Minha carta para a caixa postal em Frondosa seguira na quinta-feira. Calculamos que uma resposta e, talvez, mais folhas do original, chegariam na quarta-feira da semana seguinte. Até lá, não podíamos fazer nada a não ser esperar. Naquele final de sexta-feira passamos o tempo relendo e discutindo o manuscrito da Ariadne. Dubin chegou a tirar uma esferográfica do bolso, mas eu o detive antes que começasse a espalhar vírgulas pelo texto. Nossa Ariadne teria alguma coisa a ver com a história dos Galotto, em Frondosa? Seria muita coincidência, mas era uma hipótese atraente. Buscamos mais informações sobre Frondosa na nossa circunstância imediata, os outros frequentadores do bar do Espanhol. O Tavinho, que sabe tudo sobre futebol, o único assunto que parecia lhe interessar, respondeu que Frondosa tinha, sim, um time de futebol. Mas futebol de salão. Mantido por uma indústria local, cujo nome esquecera. Galotto? Essa! Alguém mais no bar sabia alguma coisa sobre Frondosa? Ninguém. A maioria nem sabia da existência da cidade. Nós só sabíamos que o pai da autora conhecera na Europa um pintor obcecado pela figura mítica de Ariadne. O pai devia ser o Galotto artista, o que não queria nada com a fábrica. Isso faria de Ariadne, sua filha, a mulher do Martelli. Que ela corneara com o tal Amante Secreto.

— O Martelli descobriu tudo e matou o amante.

— É essa a história que ela está escrevendo.

— A vingança dela será o livro.

Dubin esfregou as mãos, animado. Sua fictícia Santa Edwige dos Aflitos só tivera um crime passional, em toda a sua história. Anos atrás. O caso acabara com um professor de geografia castrado e uma herdeira trancada num convento. A história de Frondosa prometia muito mais. Se também não fosse uma ficção, claro.

— De Chirico — disse o Tavinho, de repente. Olhamos para ele com surpresa.

— O quê?

— O pintor obcecado por Ariadne. Se chamava De Chirico. Grande influência nos surrealistas.

Estávamos de boca aberta. Como o Tavinho, que só falava sobre futebol, sabia aquilo? E sabia mais:

— De Chirico morreu em Roma.

— Como você sabe?

— Torço pela Lazio — disse Tavinho, como se a explicação fosse óbvia. — Sei tudo sobre Roma. Vocês querem o nome de todos os papas?

Ficamos o resto do tempo especulando sobre o manuscrito de Ariadne e o drama real ou imaginado que ela nos revelaria. Só à meia-noite me dei conta de que tinha bebido uma única dose de cachaça. A Inaugural, como eu a chamo. Ariadne ocupara o meu cérebro de tal maneira que eu esquecera de beber, não passara da Inaugural. Cheguei em casa sóbrio. O Black fez uma cara de espanto, mas não disse nada.

3.

O bar do Espanhol tem frequentadores fiéis. Eu e o poeta menor vamos todos os fins de semana. O professor Fortuna, imagino, ia todos os dias. O Tavinho está sempre lá. Não sabemos o que faz quando não está no Espanhol discutindo futebol com alguém. Há mais uns dois ou três que nunca falham. E eu começara a notar uma nova presença constante no bar, a de um moço de olhos fundos e aspecto lúgubre que se sentava a uma mesa sozinho, de lado, com as costas apoiadas na parede, e ficava olhando na minha direção sem piscar, bebendo uma interminável água mineral. Tínhamos tentado atraí-lo para a nossa enquete.

— Conhece Frondosa?

Mas ele ficara em silêncio e desviara o olhar, antes de voltar a me fitar com uma intensidade de réptil.

Na sexta-feira seguinte cheguei no bar com a resposta que recebera da "Amiga" durante a semana, endereçada a Agomar

Peniche. Estranhei: Agomar Peniche?! Levei algum tempo para me lembrar que eu mesmo inventara o pseudônimo. A carta vinha sozinha, sem a prometida continuação do texto da "Ariadne". A "Amiga" agradecia o nosso interesse e explicava que estava com dificuldade para acessar o texto, pois "Ariadne" sofria "restrições" e precisava escrever escondida. As restrições incluíam até risco de morte.

— Epa — disse o Tavinho.

Li o resto da carta, em que a "Amiga" jurava que mandaria mais páginas da história em breve e pedia máxima "discreção", pois ninguém em Frondosa poderia saber o que "Ariadne" estava escrevendo. E guardei o melhor para o fim. Tirei de dentro do envelope a foto de "Ariadne" que acompanhava a carta. Dessa vez o "Epa" foi em coro. Até o Espanhol abandonou sua caixa registradora e veio ver o que causara tanto entusiasmo.

"Ariadne" num baile. Vestido branco, cabelos longos e loiros caindo sobre ombros nus. Ariadne sorrindo para a câmera. Algo no sorriso, uma certa ironia, com o cenário da pose e com o seu próprio fulgor juvenil. Um sorriso de quem sabe que é a mais bonita da festa, a mais bonita da cidade, mas não liga para essas coisas. Segundo Dubin, baseado no calendário social de Santa Edwige dos Aflitos, o baile devia ser de debutantes, o que significava que a Ariadne da foto teria apenas quinze anos. Mas o sorriso era mais velho. Era um sorriso de quem já vivera mais do que ela. E que redimia a frase do "Amante Secreto": se a Lua sorrisse, seria assim, exatamente assim. Mas era um olhar triste. Não triste — distante, ausente. Um olhar de perda. Alguma coisa tinha acabado na vida daquela adolescente, além da infância. Ou então eu é que estava vendo o que queria ver no seu rosto. Precisava daquele sorriso triste e daquele olhar de perda para acabar de me apaixonar. A foto tinha um carimbo atrás: "Fotos Mazaretto" e um endereço na rua Voluntários da Pátria. Dubin contava que nos bailes de debutantes de Santa Edwige dos Aflitos, organizados pelo cronista social da cidade, Fanfan le Tulipe, todos os anos havia problemas com os garotos que ficavam bebendo uísque com guaraná para criar coragem de dançar com as meninas e acabavam vomitando no smoking, mas que as meninas eram lindas, todas de tomara que caia, todas semivirgens. Tive que arrancar a foto de "Ariadne" da mão do Dubin, que um dia me confessara sua outra tara, além de batatas da perna: dançar colado com uma ninfa daquelas em algum mítico baile no interior do estado, cabeça contra seio pubescente, e ela se abaixar para sussurrar no seu ouvido: "Acompanhas alguma novela?". Êxtase! Êxtase! Mas não com a "Ariadne". Não com a minha "Ariadne". Guardei a foto no envelope.

O Tavinho estava impressionado.
— Por que "risco de morte"?
Tentando se lembrar do nome do De Chirico, ele não nos ouvira dizer o que sabíamos, ou imaginávamos, sobre a "Ariadne". Casada com um magnata de Frondosa, a quem traíra com um amante. Algo acontecera com o amante. Talvez o tivessem matado. "Ariadne" começara a escrever um diário, ou uma autobiografia, ou uma confissão, para contar o acontecido.
— Ou o não acontecido — disse o professor Fortuna, para quem o texto de "Ariadne" que lera era claramente uma ficção.
Ele concordava com o Dubin: a autora da carta era a própria "Ariadne". Que agora estava ocupada inventando a continuação da história, depois de saber do interesse da editora

em publicá-la. "Risco de morte" era apenas uma frase melodramática para assegurar nosso interesse. Mas Dubin começava a desconfiar que a história era verdadeira. Já tínhamos até uma foto. Já conhecíamos o rosto da personagem.

Eu não tinha dúvida. Precisava que a história fosse verdadeira. Acreditava que o "risco de morte" existia. Que minha amada escrevia escondida, talvez com uma lâmpada embaixo da coberta, temendo que ele a visse, e a matasse como matara o "Amante Secreto". Ele, o marido. De quem eu também já tinha uma imagem formada, feita de todos os meus preconceitos. Execrável jovem empresário, prepotente, machista, insensível, reacionário. Provavelmente também tinha uma amante. E batia na mulher. Batia na minha amada. Fosse qual fosse a vingança sendo urdida por Ariadne, antes do seu suicídio, ele merecia. Eu o odiava.

A segunda carta da "Amiga" era bem escrita, como a primeira, apesar do "discreção" em vez de "discrição". Mas não respondia minhas perguntas.

Não revelava seu nome, nem a verdadeira identidade de "Ariadne". Decidi deixar assim mesmo e não escrever mais. Agomar Peniche esperaria. Nós todos esperaríamos a continuação da história de "Ariadne" e sua vingança. Naquela noite, me surpreendi outra vez. Tomei a Inaugural e apenas mais um chope e outra dose de cachaça — sempre sob o olhar de réptil do moço estranho — e fui para casa sóbrio. Só quando já estava na cama ao lado da Julinha, que me recebera com um grunhido, ao contrário do Black, que sorrira e dissera "Alô, companheiro!", me dei conta da minha razão para chegar em casa consciente. Saí da cama e peguei o envelope do bolso de dentro do meu paletó. Retirei a fotografia do envelope e levei-a para a cama. Quando a Julinha, desacostumada com a luz acesa no quarto, se mexeu pesadamente e parecia que ia acordar, coloquei a lâmpada da cabeceira embaixo da coberta, como fazia na infância quando minha mãe me mandava apagar a luz e eu queria continuar a ler. Queria continuar olhando a foto da "Ariadne". Não sei por quanto tempo a contemplei. Acho que dormi com a foto sobre o peito. "Ariadne." Quinze anos. Cabelos longos e loiros caindo sobre os ombros nus.

Na semana seguinte, Túlio chegou na editora com uma novidade. Andara investigando e descobrira que a mulher do Martelli se chamava — sabem como? — Ariadne! O nome da autora do manuscrito não era um pseudônimo, afinal. Tínhamos adivinhado certo: nossa Ariadne era filha do Galotto artista. Mulher do Martelli. Não apenas sua história era real como ela nem se preocupara em disfarçar seu nome. Quem segurava a ponta do fio que nos levaria a Frondosa era uma Ariadne de verdade. Eu também fizera minhas investigações, com a relutante ajuda da bela Bela, que considera qualquer interrupção da sua leitura de revistas motivo para fazer cara feia e pedir hora extra. Descobrira algumas coisas sobre Frondosa e sobre a fábrica Galotto, desde a sua fundação. Frondosa tinha menos de cinquenta mil habitantes. Ficava numa zona de soja e trigo, mas a fábrica Galotto era responsável por quase metade dos empregos diretos e indiretos na região. A cidade ocupava o centro de uma anomalia geológica, uma espécie de cratera que já levara a especulações de que ali um dia existira um vulcão. Os irmãos Martelli eram dois, Fabrizio e Franco. Um dos dois tinha sido prefeito da cidade, ou ainda era. Um dos dois era o marido de Ariadne. Qual? Túlio não sabia. Só sabia que o Martelli prefeito mandara derrubar a árvore frondosa no meio da praça principal e substituí-la por um círculo de cimento. Disse:

— Devo passar por Frondosa antes do fim do mês. Se precisarem de alguma coisa...

Veio a sexta-feira sem que um novo envelope branco de Frondosa chegasse à editora. Nem carta da "Amiga", nem o resto do manuscrito. A caminho do bar do Espanhol, Dubin e eu especulamos sobre o que teria acontecido.

— O Martelli descobriu o que ela estava fazendo e a matou. Ou pelo menos confiscou sua esferográfica — sugeriu o Dubin.

— Filho da puta! — disse eu, surpreendendo Dubin com minha veemência.

Para o professor Fortuna a explicação era óbvia: a autora estava caprichando para escrever um segundo capítulo no mesmo nível do primeiro. Talvez fosse mais de uma autora. Talvez fosse um grupo de mulheres desocupadas inventando um romance escrito na primeira pessoa, só por farra. Talvez nenhuma delas fosse a Ariadne, cujo caso passional, que toda a cidade conhecia, apenas teria servido de inspiração para o falso diário. Talvez fosse só fofoca. Bem escrita, mas fofoca. Tavinho tinha uma explicação mais prática para o silêncio de Frondosa:

— O correio atrasou.

Eu andava com a foto de Ariadne no bolso. Coloquei-a sobre a mesa, ao lado da Inaugural. Qual era a idade dela agora? Vinte e cinco, fora o que ela escrevera no primeiro capítulo. E se o professor Fortuna tivesse razão e o manuscrito fosse uma brincadeira, um trote, e aquela foto fosse de uma frondosense qualquer, escolhida para que sua beleza atiçasse ainda mais a curiosidade de Agomar Trapiche, ou Peniche, ou que merda de nome eu me dera? E se minha obsessão daqueles últimos dias fosse por nada e no fim daquele fio que levava a Ariadne, para salvá-la ou para ela me salvar, estivesse nada? Uma brincadeira, uma empulhação? Mas eu amava Ariadne. Mesmo que ela não existisse, eu a amava. E odiava o Martelli. Qual dos dois seria o marido assassino, Fabrizio ou Franco? Odiava os dois! Tomei a Inaugural de um gole só e pedi um chope. Depois viriam outra cachaça, outro chope, outra cachaça... Meu tobogã para a bendita inconsciência. A última coisa que me lembro de ouvir foi Dubin desafiando o professor a citar um, um só, título de livro da Ivona Gabor, e o professor dizendo algo como *Scapinski madjar oluvova* e pedindo desculpa porque seu húngaro, uma das sete línguas que falava, estava um pouco enferrujado.

Disso eu não me lembro, mas o Dubin conta que me levantei da cadeira, fui cambaleando até a mesa do estranho que não parava de me olhar e perguntei "Qualé? Hein? Qualé?", e que o estranho apontou dois dedos na minha direção e fez "Zap!", como que para me desintegrar com um raio. E que eu desabei no chão.

4.

Na segunda-feira eu continuava desintegrado. Ressaca negra, a pior em muitos anos. Um bolo fecal errara o caminho e ameaçava sair pela minha boca. Um porco-espinho substituíra o meu cérebro. Peguei os quatro envelopes trazidos pelo correio naquela manhã, os atirei dentro da cesta de papel e chutei a cesta. Depois me lembrei que precisava dos endereços para mandar todos os autores tomarem no cu e fui catá-los. Só então descobri que um dos envelopes era branco, endereçado com uma letra tremida, e vinha de Frondosa. Dentro, dez páginas manuscritas entre capas transparentes, presas com uma espiral. Nenhuma carta da "Amiga", apenas o texto xerocado da Ariadne com florzinha em cima do "i". O segundo capítulo. Que começava assim:

"Morrer é uma arte como qualquer outra."

Devo ter ficado uns cinco minutos fixado nessa primeira frase. Não porque o porco-espinho se recusasse a funcionar. Porque a frase era paralisante. Uma frase solta, no topo do texto, como uma epígrafe. "Morrer é uma arte como qualquer outra." O que queria dizer aquilo? Que ela ia orquestrar a própria morte, arquitetá-la, tratá-la como uma obra de arte, consumá-la como um drama? Ou estava falando de outra pessoa, outra morte? Quando consegui me livrar da primeira frase, vi que o texto era sobre o seu pai. Sobre o que ela se lembrava dele. Suas grandes mãos que cheiravam a aguarrás, acariciando seus cabelos quando ela deitava sobre suas pernas, na sua poltrona comprida. Como ele a chamava. "Figliola." Suas lembranças mais nítidas eram as mais remotas, ela criança no seu colo, ele enorme, na sua enorme poltrona reclinável, com as pernas esticadas. A sua sensação de estar num barco quando subia na poltrona com o pai. Era o que ele dizia: "Figliola vem para o barco". E ela fechava os olhos aninhada no seu colo e imaginava o barco navegando, o barco em alto-mar. Só os dois, indo, indo... Para onde? Ele dizia: "Rumo à estrela do Oriente. Sempre a estrela do Oriente". Todas as dez páginas eram sobre o seu pai. Sobre as viagens dele, antes de se casar. Sobre os seus cursos de arte em Paris e em Roma, onde tinha conhecido De Chirico e outros pintores, e o ano inteiro passado na Espanha. "Quando me casei meu pai quis nos dar uma viagem de um mês à Europa mas meu marido não aceitou. Disse que precisava começar a trabalhar logo já que casado comigo era o mais novo acionista da empresa. Depois me disse que não aceitara porque meu pai precisava parar de esbanjar dinheiro. Uma viagem à Europa de um mês seria muito cara. Nossa lua de mel foi de cinco dias em Punta del Este. Direção errada disse meu pai no meu ouvido quando saímos para Punta del Este. A estrela do Oriente ficava para outro lado." Mas o pai também nunca mais voltara à Europa. A fábrica estava quebrada. Poucos anos depois acontecia a reunião em que o marido e seu irmão, que tinham conseguido a maioria das ações da empresa, afastaram seu pai da direção. "O dia dos longos punhais", segundo Ariadne. Ela se lembrava do pai chegando na sua casa depois da reunião, mal podendo falar, apenas abrindo os braços para abraçá-la e dizendo "Figliola, figliola...". E ela, assustada, sem saber o que tinha lhe acontecido. Ele era tão distraído, talvez tivesse caído na rua. Perguntava "O senhor está ferido?" e procurava o sangue. E em poucas semanas ele estava morto. "Mas eles vão pagar", escrevera Ariadne. "Vão pagar pela morte do meu pai vão pagar pelo que fizeram ao Amante Secreto vão pagar pelo que me fizeram. Já morri algumas vezes nestes anos todos mas desta vez vou deixar um testamento. Este testamento. Como o gato tenho nove vezes para morrer. Tempo para aperfeiçoar a arte."

No mesmo dia, escrevi uma carta para a "Amiga" e endereceia à caixa postal em Frondosa, dizendo que o livro de Ariadne, decididamente, nos interessava. Que o segundo capítulo comprovava a qualidade literária do manuscrito, embora precisasse de alguns retoques. Que deveríamos nos encontrar, para acertar um contrato. Que era só marcarem a data e alguém da editora iria a Frondosa, conversar com Ariadne. Ou com a "Amiga".

Naquela quarta-feira, esperei o Dubin terminar de ler as dez páginas novas e anunciei:

— Vamos botar um homem dentro.

Dubin não entendeu. Era uma frase de livro de espionagem. "*Put a man in.*"

— Precisamos de alguém em Frondosa.

— Como, alguém?

— Alguém para investigar essa história. Entrar em contato com a Ariadne, ou com sua amiga, ou com quem possa nos dar informação sobre ela e sua família, e sobre os Martelli.

Saber com o que estaremos lidando, se decidirmos publicar o livro. Em último caso, evitar um processo. Ou um assassinato. Ou um suicídio.

— E quem seria esse alguém?

— Você.

— Eu?!

— Você iria representando a editora. O Túlio vai passar por Frondosa antes do fim do mês. Você pode ir de carro com ele.

— Por que não você?

Não respondi. Por que não eu? Por que não ir a Frondosa? Absurdamente, pensei: porque o meu encontro com Ariadne tem que ser o clímax dessa história, o fim do labirinto. Porque eu vou salvá-la, e me salvar, e até lá tudo é prólogo. Porque desde que aquele primeiro envelope branco pousou na minha vida eu ando como que enfeitiçado, e pisar em Frondosa antes do tempo quebraria o encanto. Porque, até encontrar Ariadne, meu papel é o de controlar essa história à distância e cuidar para que não se perca o fio que a conduz. Porque, afinal, eu sou o editor.

— Vai você, Dubin.

A resposta da Amiga à minha carta não demorou a chegar. Ela estava em pânico. "Sr. Peniche não venha a Frondosa! Não mande ninguém! Aqui não podem saber que a Ariadne está escrevendo o livro. Seria um escândalo. Espere até ela terminar. Depois a gente decide o que fazer." E, em letras garrafais sublinhadas: "NÃO VENHA!".

No bar do Espanhol, nos reunimos para lançar o que chamei de "Operação Teseu", em homenagem ao primeiro encantado por Ariadne, o primeiro a seguir o fio. Até o professor Fortuna venceu seu horror ao contato físico e sentou-se à nossa mesa para conspirar, espremido entre o Dubin e o Tavinho. Embora continuasse cético, achando que o livro era um embuste. Um trote, "uma intrujice". A última carta da Amiga implorando para que ninguém da editora aparecesse em Frondosa só aumentara sua desconfiança. Se não queriam que soubessem que Ariadne estava escrevendo o livro, se Ariadne corria risco de vida por estar escrevendo o livro, por que ela não usara um pseudônimo? Por que colocara o próprio nome como título? Mas foi o incrédulo professor quem bateu na mesa com a palma da mão, impaciente, para dar início aos trabalhos. Qual era o plano?

— A Operação Teseu consiste em botar um homem dentro, em Frondosa — anunciei, com alguma solenidade.

Para Dubin, já não fazia muita diferença se a história era fictícia ou não. Era preciso descobrir o que havia na outra extremidade do fio. A Ariadne, verdadeira ou falsa, também o enfeitiçara. E ele estava pronto para sua missão. Já tinha até escolhido um codinome:

— Nick.

— Nick?!

— Nick. Nick Stradivarius.

— Este negócio é sério, Dubin — protestei. — Alguém pode estar com a vida ameaçada.

— Eu sei que é sério. E eu estou sendo sério.

Ficara claro, depois da carta da Amiga apavorada, que nosso agente teria que chegar em Frondosa disfarçado. Suas investigações teriam que ser dissimuladas. Ninguém poderia saber o que Dubin estava tentando descobrir. E muito menos a sua ligação com a editora. Pediríamos ao Túlio que o apresentasse na cidade como um... como um...

— Produtor de cinema — sugeriu Dubin. — Estou lá para prospectar locações para um filme. Posso até me aproximar dos Martelli e pedir dinheiro para o filme, em troca de marketing para a indústria deles.

— Sei não...

— Pense bem. Posso ser convidado para a casa do Martelli e conhecer a Ariadne. Posso andar por toda a cidade e entrar em todas as casas, com o pretexto de estar buscando ambientes para o filme. É perfeito. Vou treinar o meu sotaque.

— Você vai ter um sotaque?

— Nick Stradivarius precisa de um sotaque. Estou pensando em algo meio italiano, ou...

— Eu só tenho uma pergunta — interrompi. — Por que um produtor de cinema italiano chegaria a Frondosa na companhia de um vendedor de adubo?

— Não, eu é que tenho uma pergunta — disse Dubin.

— Qual é?

— Quem financiará tudo isso? Sim, porque vou precisar de acessórios. Nem falo em sapatos italianos, mas no mínimo uma echarpe e um cachimbo. E diárias, para comida e hospedagem. De onde sairá o dinheiro?

— Vou falar com o Marcito.

— E não há nada demais em chegar a Frondosa com um vendedor de adubo, *caro mio* — continuou Dubin, já experimentando o sotaque italiano. — A fábrica de adubos também tem uma participação no filme. Diremos que foi o Túlio, que conhece todo o interior do estado, quem recomendou a pitoresca Frondosa para as filmagens.

Dubin já se imaginava fazendo testes para selecionar o elenco de figurantes entre as adolescentes de Frondosa. Apalpando suas batatas da perna, explicando que batatas das pernas seriam muito importantes na trama do filme. O professor Fortuna interrompeu seus devaneios com outro tapa na mesa e propôs que nos ocupássemos de coisas práticas. Por exemplo: quanto tempo duraria a imersão do nosso homem em Frondosa? Ele mandaria mensagens ou esperaria para fazer um relatório no final da missão, na volta? Como nos comunicaríamos com ele? Notei um certo ressentimento do professor Fortuna com a escolha do Dubin para ser o homem dentro. Nunca tínhamos visto o professor tão entusiasmado por alguma coisa. Me dei conta de que ele, com todo o seu carrancudo ceticismo, também estava enfeitiçado por Ariadne. O Espanhol se postara ao lado da nossa mesa para não perder a conversa. O homem lúgubre com olhar de réptil trocara de mesa para ficar mais perto da nossa e também ouvir nossos planos. O fio de Ariadne nos fisgara a todos.

Tavinho estava preocupado com a biografia que era preciso fabricar para Nick Stradivarius. O que no mundo da espionagem chamam de "legenda", a identidade falsa do espião. Por exemplo: que filmes o produtor já tinha produzido? Caso perguntassem? Dubin tinha a resposta pronta.
— Nicola Stradivarius não é conhecido fora da Europa. Seus filmes não chegam ao Brasil. E muito menos a Frondosa, que provavelmente nem tem cinema.
— Mas tem loja de vídeo.
Levamos algum tempo para descobrir que essa última frase partira do homem lúgubre na mesa ao lado.

Sua contribuição à conspiração foi rejeitada por Dubin, para quem ninguém em Frondosa se daria o trabalho de checar as credenciais de Nick Stradivarius. As cidades do interior acolhem celebridades mundiais sem fazer muitas perguntas, segundo Dubin. Pelo menos era assim em Santa Edwige dos Aflitos, onde moravam um suposto sobrinho-neto do Mussolini e o suposto inventor do raio laser sem precisar provar que eram o que diziam.

Para minha surpresa, Marcito não riu do meu pedido. Dinheiro para financiar uma incursão do Dubin à tal Frondosa para investigar a origem do tal livro que estava chegando à editora em pedaços? Quanto? Como não esperava que ele aceitasse, tive que improvisar uma cifra na hora. O bastante para três ou quatro diárias de hotel, mais a alimentação. Feito, disse ele. Vou fazer um cheque. Só pude concluir que a admiração pelo Simenon teve alguma coisa a ver com aquela sua inesperada boa vontade. O inspetor Maigret a aprovaria. Ou então, misteriosamente, Marcito também estava enfeitiçado.

5.

As aulas do Dubin no curso pré-vestibular em que ensina português eram teatrais. Ele costumava usar um tapa-olho para falar de Camões e o pronome. Usava uma toalha de banho como toga para falar dos prefixos latinos. Na sua lição sobre frases sem sujeito aparente, interpretava o sujeito oculto como um fantasma, numa história em que não faltavam portas rangendo e música sombria, produzidas pelo próprio narrador. Por isso os alunos não estranharam quando ele começou a dar aulas com um sotaque italiano, fazendo muitos gestos. Eram coisas do professor. Ou do *"professore",* como passou a insistir que o chamassem. Estava aperfeiçoando sua caracterização como Nick Stradivarius, enquanto esperava que Túlio marcasse o dia da viagem a Frondosa.

No bar, Tavinho, preocupado com o sucesso da Operação Teseu, ajudava-o a ensaiar sua "legenda", para o caso de haver um interrogatório.

— Stradivarius... O que você é do violino?

— Primo distante.

— Quais foram algumas das atrizes italianas com que você trabalhou?

— Nicoletta Costabrava, Anna Maria Moffato, Gina Girardello, com quem, aliás, fui casado. Sandra Corfú...

Os nomes não podiam ser verdadeiros, para diminuir o risco de desmascaramento. Se perguntassem.

Pedimos ao Túlio que nos fizesse um mapa de Frondosa. Ele conhecia pouco a cidade e fez uma planta rudimentar, só com os lugares de que se lembrava. A cooperativa agrícola. A praça central, onde um grande círculo de cimento substituíra a árvore milenar que dera nome à cidade, obra do prefeito Fabrizio Martelli. Na praça, o hotel onde Túlio costumava ficar quando pernoitava em Frondosa. Ao lado do hotel, o bar onde conhecera o Galotto que só bebia e jogava sinuca.

— O hotel é o melhor da cidade?

— É o mais antigo. Ainda é daqueles em que, no fim da tarde, põem cadeiras na calçada para os hóspedes ficarem vendo o movimento. Tem um mais moderno, onde se hospeda quem vai fazer negócio com a fábrica Galotto, mas não sei onde fica. Não é na praça.

— E a fábrica?

— Duas unidades fora da cidade, uma antiga e uma nova. E eles têm um showroom no calçadão. Que é aqui, saindo da praça. Rua Voluntários da Pátria.

— O clube?

— Aqui, do outro lado da praça. Aqui é a prefeitura. O único prédio antigo bem-conservado da cidade. E aqui, a igreja.

A casa dos Martelli? Túlio não tinha a menor ideia. Uma casa com um ipê-amarelo na frente? Nunca tinha visto.

O plano era Túlio introduzir Nick Stradivarius na cidade. Poderiam começar com uma visita à prefeitura, onde ele seria apresentado como um produtor à procura de possíveis cenários para um filme multinacional, que teria atores brasileiros e europeus e a participação da população local. Se Frondosa fosse a escolhida, ganharia fama internacional. Seria bom para o turismo na região e bom para os negócios na cidade.

— Que tipo de filme é? — perguntou Tavinho, compenetrado no seu papel de instrutor do nosso homem dentro.

Dubin não hesitou:

— Um drama romântico, com paixões violentas, muita ação e muita panturrilha. Baseado numa história da escritora húngara Ivona Gabor. Adaptada para o meio gaúcho, claro.

O professor Fortuna esfregou os dois lados do nariz rapidamente com as mãos como se fosse responder, mas ficou em silêncio e não reagiu à provocação. Assistia à sabatina do Dubin com a cara fechada, ou mais fechada do que de costume.

Perguntei ao Túlio se havia um ponto de encontro tradicional na cidade.

— O bar ao lado do hotel é onde se reúne o pessoal mais velho. A garotada se reúne nos bares do calçadão.

Decidimos que, antes de mais nada, Dubin deveria conversar com o Galotto no bar, ganhar a sua confiança e ouvir o que ele tinha para contar sobre sua família, os Martelli, a fábrica e a Ariadne. Segundo Túlio, não era difícil fazer o Galotto falar. Difícil, depois de algumas doses de conhaque, era entender o que ele dizia.

O homem lúgubre com olhos profundos tinha, definitivamente, aderido à nossa conspiração. Dava palpites sobre como deveriam ser as investigações do Dubin em Frondosa, examinava o mapa da cidade e conversava comigo sobre a operação. Principalmente sobre o contrato que faríamos com Ariadne, se publicássemos o seu livro, e sobre a política da editora quanto a direitos autorais em geral. Não demorei para deduzir que o homem lúgubre era o Fulvio Edmar, com quem eu trocava cartas desaforadas porque nunca tínhamos pago os direitos que ele reclamava do seu livro *Astrologia e amor*. Pelo menos estava falando comigo, em vez de puxando meus testículos por dentro para substituir minhas amídalas, como ameaçara fazer numa carta. Ou me desintegrando com um raio imaginário. De qualquer jeito, passei a cuidar para nunca lhe dar as costas.

No mesmo dia em que Dubin e Túlio saíram de carro para Frondosa, o Dubin com uma echarpe de seda da sua mãe em volta do pescoço e excitado por estar indo para uma Santa Edwige dos Aflitos de verdade, o Túlio algo contrariado com a possibilidade de aquela nossa aventura interferir no seu negócio de vender adubo e prejudicar o seu bom nome em Frondosa, chegou outro envelope branco. Com o terceiro capítulo.

Este era sobre a mãe de Ariadne. Que ela começava comparando com a Lua. De novo a Lua. Mas dessa vez uma Lua ameaçadora, uma Lua impiedosa. "A Lua era a minha mãe. Ela não era doce como Maria. Das suas vestes azuis saíam pequenos morcegos e corujas." Uma Lua bruxa, portanto. O contrário da doce Virgem com seu manto estrelado, "o céu protetor de todas as crianças do mundo". Essa Lua má a assombrava desde os treze anos de idade. Porque Ariadne era a favorita do pai, e da boca contorcida da mãe também voavam morcegos e corujas acusando-a de seduzir o pai, de querer o pai só para ela, sua "figliola" amada. Não adiantava ela chorar e implorar que a mãe também a amasse. A mãe não ouvia, a Lua se distanciava. A mãe morrera sem perdoá-la. O pai e a mãe tinham se casado em Frondosa e partido para uma longa viagem na Europa. Na volta ela estava grávida do primeiro filho. Dois anos depois nascera Ariadne, um ano e meio depois, seu outro irmão. A lembrança que Ariadne tinha da mãe nesse período era de uma mulher que nunca sorria, que aguentava pacientemente as "loucuras" e distrações do marido artista e tentava ser o lado prático do casal. "Ela é que decidiu pela venda da casa do ipê-amarelo onde eu e meus irmãos nos criamos para pagar as dívidas do pai." Era carinhosa com os três filhos, mas isso mudara quando Ariadne completara treze anos. "Era como se a minha puberdade a desafiasse e fosse um ataque inesperado do qual ela precisava se defender." A mãe morrera antes do pai, antes do casamento de Ariadne. "No hospital eu passava o dia inteiro ao lado da sua cama. Nos últimos dias ela só abriu os olhos uma vez. Olhou em volta do quarto depois se fixou no meu rosto. Eu sorri e ela fechou os olhos depressa. Foi cômico se é que alguma coisa pode ser cômica na presença da morte. Foi como se tivéssemos nos cruzado na rua e ela virasse a cara para fingir que não me via. Depois que ela morreu comecei a ir à igreja. Me tornei uma devota da Virgem Maria com uma intensidade que chegou a me assustar. Deduzi que eu só estava esperando aquela Lua desaparecer da minha vida para ser adotada pela outra. A doce. A que perdoava."

E foi num banco da igreja da praça em Frondosa, depois da morte da mãe, que o Amante Secreto cochichou no seu ouvido que a casa do ipê-amarelo estava vazia. Abandonada, caindo aos pedaços. E sugeriu que fossem vê-la. E ela hesitou. Teve uma premonição, um pensamento ruim. Não entendendo bem a própria frase, disse:

— Seria como profanar o passado.

Mas ele insistiu. Disse que sabia como entrar na casa. Confessou que às vezes dormia lá. Ela precisava voltar, pela última vez, antes que botassem tudo abaixo para construir um edifício. O ipê-amarelo ainda estava lá. O ipê-amarelo estava florindo. Ela precisava voltar nem que fosse em solidariedade ao ipê florescente.

No que fora a grande sala principal do casarão agora só havia velas brancas presas no chão com sua própria cera. O Amante Secreto enchera a sala de velas. Mostrou onde dormia, num canto, em cima de um lençol amarrotado. Ela perguntou por que ele fazia aquilo. Disse que não estava na ordem das coisas invadir o passado daquele jeito, perguntou o que ele procurava na casa vazia, o que o trazia de volta. E ele respondeu "Você". Disse que a via por toda a casa. Criança, descendo a escada correndo. Adolescente, descendo a escada lentamente, como uma princesa, de vestido branco, indo para o baile de debutantes no clube. Criança de novo, ao piano, se irritando com uma nota errada e martelando a nota certa para aprender. Ele a via em cada halo da chama das velas, em cada sombra ondulante nas paredes da grande sala. Ela sorriu, mas com a má premonição já lhe apertando a garganta.

— Não sou mais aquela pessoa.

— Aqui você é. Todas aquelas pessoas.

E ele a pegou pela mão e a levou para o jardim em ruínas, iluminado pela Lua cheia. Ela sorriu diante daquele quadro ao mesmo tempo pungente e artificial, a luminosidade azul dos leões de pedra e das lajes rachadas parecendo a de um cenário mal pintado, como o de uma ópera que vira certa vez no Teatro Fenice de Veneza. Sorriu para o Amante Secreto, tentando se convencer de que aquilo não estava acontecendo. E ele disse:

— Se a Lua sorrisse, se pareceria com você.

— Está me chamando de cara de Lua?

E então ele a beijara na boca, e ela se deixara beijar. Pensando: agora sim, estamos profanando alguma coisa.

Naquela noite Dubin telefonou para minha casa do seu quarto de hotel em Frondosa para fazer seu primeiro relatório. A Operação Teseu começara mal. A viagem fora tranquila, mas assim que descera do carro e pusera os pés na calçada em frente ao hotel, Dubin ouvira uma voz feminina exclamar:

— Professor Dubin!

Era uma ex-aluna sua que morava em Frondosa e por acaso passava na calçada naquele exato momento. E destruíra, em segundos, toda a legenda cuidadosamente montada para Nick Stradivarius. Dubin tivera que improvisar outra legenda às pressas para explicar à moça, chamada Paula, por que estava na sua cidade.

— Faço um estudo sociológico sobre a sucessão em empresas familiares, no interior do estado.

— O senhor não dá mais aulas de português?

— Dou, dou. Mas sabe como é. A gente tem que se virar...

— Veio estudar a fábrica Galotto, acertei?

— Acertou. Você sabe alguma coisa sobre eles?

— Sei o que todo mundo sabe. Nosso jornal está fazendo uma campanha contra o prefeito Fabrizio Martelli, que é um dos irmãos que ficaram com a fábrica dos Galotto. Olha lá o que ele fez.

Paula apontara para a praça em frente ao hotel. Explicara que ali onde havia um círculo de concreto ficava a árvore que dera nome à cidade, e que o prefeito mandara derrubar. Martelli queria ser reeleito. Seu jornal estava contra. O jornal dizia que a massa cinzenta que o prefeito tinha na cabeça não eram miolos, era cimento.

— Você, então, é jornalista?

— Mais ou menos. Ajudo o meu pai, que é o dono do jornal.

Dubin descreveu Paula como "gordinha mas comível", apesar de ainda não ter podido examinar suas panturrilhas e desconfiar que fosse inteligente. Tinham combinado de se encontrar no dia seguinte para ela contar o que sabia sobre a sucessão na fábrica Galotto. Túlio procurara o Galotto que costumava beber no bar ao lado do hotel, mas não o encontrara. Aquela conversa também ficaria para o dia seguinte. A Operação Teseu, com uma pequena alteração de emergência, estava lançada. E o produtor de cinema italiano Nick Stradivarius estava morto e enterrado, junto com seu sotaque e sua echarpe de seda, antes mesmo de começar a existir.

Uma frase do que Ariadne escrevera sobre a sua mãe e a Lua me ficou na cabeça, como um refrão musical do qual não conseguimos nos livrar. "A Lua arrasta o mar atrás de si como um crime sombrio." Que sombras aquela Lua má gravara na alma da minha pobre Ariadne? Era aquela tristeza que eu vira no olhar de perda da sua foto no baile, aos quinze anos. E que crime sombrio acontecera entre as ruínas daquele jardim enluarado?

Perguntei ao Dubin qual era a sua primeira impressão de Frondosa.

— Olha, cara. Acho que aqui ou a gente perde a alma ou vira santo.

6.

O professor Fortuna sacudiu a cabeça quando soube do telefonema de Dubin com as primeiras notícias da Operação Teseu. Achava um erro ter mandado o Dubin, que não estava à altura da seriedade da missão. E Dubin tinha poucos dias para ficar em Frondosa. Na segunda-feira precisaria estar de volta no seu cursinho pré-vestibular, não haveria tempo para descobrir muita coisa. Era um espião com horas contadas, outro erro. Não discuti com o professor. Fui cedo e sóbrio para casa, apesar de ser uma sexta-feira. Para grande desconcerto do Black, que já desistira de entender as mudanças na minha rotina. Vi nos seus olhos que ele queria dizer "Não estou mais te entendendo, cara". Ficara combinado que o Dubin telefonaria outra vez naquela noite. Eu tinha que estar em casa para receber seu relatório. Era o chefe de uma operação. O Black que se acostumasse com as minhas novas responsabilidades.

O telefonema veio tarde, à meia-noite. Dubin acabara de chegar no hotel, vindo sabe de onde? De um jantar na casa da Paula. Do pai da Paula, Afonso, dono do jornal. Começou a me contar.
— A história do jornal é fantástica, velho. O homem...
Eu o interrompi.
— Você conseguiu falar com o Galotto bêbado?
— Não. Ele não tem aparecido no bar. Deve ter se internado para enxugar o álcool do corpo. Mas escuta a história do jornal. É o único da região. Oito páginas, seis dias por semana. E está em campanha contra a reeleição do Fabrizio Martelli, que derrubou a árvore frondosa da praça. Os Martelli são os donos da Galotto e portanto os donos da cidade. Perguntei como o único jornal da cidade conseguia ser independente daquele jeito, e contra os Martelli. E ele me contou uma história fantástica. Escuta só...

Dubin costumava dizer que os excêntricos são as celebridades de lugares como Santa Edwige dos Aflitos. São protegidos como patrimônios da cidade e tratados com a deferência que certas tribos primitivas dedicam a seus loucos, tidos como seres tocados pelos deuses. O louco municipal de Santa Edwige dos Aflitos era o Zé Bragueta, que vivia abrindo seu casacão na frente das meninas para mostrar a braguilha da sua calça aberta, mas com uma pequena bandeira nacional saindo pela abertura em vez do pênis, e fazia discursos intermináveis contra o papa e os americanos. E o excêntrico mais famoso de Frondosa era o Diamantino Reis, conhecido por todos na cidade como O Homem que Apostou no Uruguai. Na Copa do Mundo de 1950, Diamantino jogara tudo o que tinha na vitória do Uruguai sobre o Brasil, na final. Sua loucura tivera duas consequências: ficara milionário e se tornara um pária na cidade, acusado de traidor da pátria. Passara a ser chamado de "Uruguaio", com desdém. Empregara bem o dinheiro ganho na aposta e multiplicara sua fortuna, o que só aumentara a revolta da população. Durante anos Diamantino não podia sair na rua sem ouvir xingamentos ("Uruguaio safado!") e ameaças. Estava com oitenta e quatro anos. Passara quase sessenta anos tentando se redimir por ter apostado no Uruguai e ficado rico. Emprestava dinheiro sem juros a quem pedisse, fazia doações a todas as obras de caridade do município. E estava sempre atento a causas populares para apoiar. Emprestara dinheiro a Loló, dona do único bordel da cidade, atrás do cemitério e ameaçado de fechamento pela proliferação de motéis na região, e financiava o jornal do pai da Paula, *Folha da Frondosa*, na sua oposição ao prefeito Fabrizio Martelli. Uma oposição que se acirrara com a substituição da árvore milenar do meio da praça, que dava nome à cidade e ao jornal, por aquele horrível círculo de cimento cru. Assim, aos poucos, Diamantino conseguira alcançar o status de excêntrico venerado, como o Zé Bragueta. Estava quase perdoado. Algumas pessoas ainda se recusavam a servi-lo ou a frequentar seu restaurante, a Galeteria Brasil, toda decorada em verde e amarelo e com fotos da seleção brasileira de 1950 nas paredes, mas muitos jovens de Frondosa nem sabiam por que ele era chamado de "Uruguaio" sem ser uruguaio, e a origem maldita da sua fortuna. Os mais velhos tinham se convencido de que a aposta maluca no Uruguai só provava que ele era um tocado pelos deuses. E todos especulavam sobre o tamanho da sua herança, quando morresse. Para Dubin, Frondosa estava se revelando uma Santa Edwige dos Aflitos muito além da imaginação.

Perguntei ao Dubin o que ele descobrira sobre os Galotto, os Martelli e Ariadne. Paula e o pai sabiam tudo sobre o golpe dos

Martelli para afastar os Galotto da direção da empresa. Paula convivera com Ariadne. Tinham até trocado livros de poesia, durante uma certa época. Isso quando Ariadne estava em Frondosa, pois passava longas temporadas na Europa. Depois Paula fora estudar em Porto Alegre e perdera a amiga de vista. Mas estivera no seu casamento, na igreja da praça. Segundo Paula, Ariadne e Franco formavam um belo par. O casamento fora um grande acontecimento na cidade. O comentário geral era que o velho Galotto gastara o que não tinha mais para gastar no que Lúcio Flávio, cronista social da *Folha da Frondosa*, chamara de "luxo apoteótico" da cerimônia e da recepção, depois, no clube. Franco teria casado com Ariadne para chegar mais rapidamente ao poder na fábrica dos Galotto? Paula não acreditava nisso. Falava-se até o contrário, que Ariadne se casara com Franco para que ele ajudasse seu pai a salvar a fábrica. Mas os dois pareciam muito apaixonados. Depois do golpe na empresa Ariadne continuara ao lado do marido, não se tinha notícia de desentendimento entre os dois, nem depois da morte do pai dela, causada — era o que todos diziam — pelo desgosto com a perda do poder para os irmãos Martelli. Paula ainda via Ariadne? Não. Ela não aparecia muito. Vivia dentro de casa. Dizia-se que era superprotegida pelo marido.

— Pensando bem — disse Paula ao Dubin —, a última vez que falei com Ariadne, fora cumprimentá-la no dia do casamento, foi quando ela voltou de uma viagem à Europa com o pai e me trouxe um livro de poesia, em inglês. Ainda tenho o livro, em algum lugar. Com uma dedicatória dela.

Dubin, esforçando-se para dar um tom de pura inquirição sociológica às suas perguntas, quis saber o que Paula e o pai podiam lhe contar sobre o resto da família Galotto. Ariadne tinha dois irmãos, era isso?

— É — disse Paula. — Um mais velho e um mais moço.
— O que eles fazem?
— O mais velho não faz nada. Bebe. É um caso perdido. Está sempre no bar ao lado do seu hotel. Ninguém sabe do que ele vive.
— E o mais moço?
— Sumiu. Deve ter ido embora de Frondosa. Há tempos ninguém o vê.

E Paula comentou que o irmão mais moço de Ariadne era o que mais se parecia com o pai. Aéreo. Cabeça em outra galáxia. Um romântico.

— Olhos sonhadores como os seus, professor — disse Paula, sorrindo.

E Dubin me contou que já tivera tempo para examinar as panturrilhas das pernas da Paula. E que elas mais que compensavam o fato de Paula falar inglês e francês e gostar de poesia. Outro detalhe lhe dava esperanças de que Paula não fosse uma intelectual, o que no bar do Espanhol era sinônimo de mulher complicada, a ser evitada. Numa estante da sua casa vira um exemplar do *Astrologia e amor*, do Fulvio Edmar. Se Paula lia *Astrologia e amor*, era alguém por quem Dubin podia se apaixonar. Se descobrisse que ela sublinhara trechos do livro, casaria com ela. Era outra que ele não poderia deixar solta no mundo.

Dubin disse a Paula e ao pai que gostaria de falar com os Galotto e os Martelli. Seria importante para a sua tese. O pai da Paula lembrou que no dia seguinte, sábado, o time de futebol de salão da cidade estaria jogando, e os Martelli, que financiavam o time, certamente estariam no ginásio. Ainda mais que seria a estreia de um novo jogador, o Mandioca. Paula e o pai não poderiam apresentar Dubin aos Martelli, já que estavam em campanha contra Fabrizio, mas não seria difícil Dubin se aproximar dos irmãos. Que eram simpáticos.

— Como todos os patifes — completou Afonso.

Pedi para o Dubin perguntar sobre a mulher do Galotto artista. Li para ele o que Ariadne escrevera sobre a mãe. E repeti a frase que me impressionara: "A Lua arrasta o mar atrás de si como um crime sombrio".

— Cacete — disse o Dubin.

E prometeu investigar. Depois anunciou que precisava ir dormir. Paula prometera levá-lo para conhecer a cidade e os arredores na manhã seguinte. E à tarde iria ao jogo de futsal, tentar o contato com os irmãos Martelli.

— Tome cuidado. Não esqueça que um dos dois pode ser um assassino. Ou os dois.

— Vamos estar num ginásio cheio de gente. Não corro perigo.

— Mas cuidado com o que você disser. E me telefona amanhã de noite.

— Você não prefere que eu faça um relatório completo quando voltar a Porto Alegre na segunda?

— Não. Telefona amanhã.

Um chefe de operações precisa acompanhar a missão de perto. O homem dentro depende de um controlador atento. E quem estava pagando pelos telefonemas era o Marcito.

Mas Dubin não telefonou na noite seguinte, a noite de sábado, em que fiquei em casa sob os olhares de estranheza da Julinha, do João e do Black, esperando a ligação sem beber nada. Não telefonou no domingo. E não apareceu na segunda-feira. Liguei para a casa dele. Uma mulher que supus ser sua mãe me informou que o Joelzinho não dormia em casa havia três noites e que não, não sabia onde ele andava. Perguntei à bela Bela se tínhamos como falar com o Túlio, que talvez ainda estivesse em Frondosa. Não, o Túlio não ficava mais de um dia em cada cidade. Já devia ter seguido viagem, ela não sabia para onde. Tentamos conseguir o número de telefone do hotel em Frondosa para localizar o Dubin. Sem sucesso. Comecei a imaginar o que poderia ter acontecido. A imaginar o pior. Dubin encontrando Franco Martelli no ginásio, durante o jogo de futsal. Se descuidando e, na conversa, mencionando Ariadne. Martelli ficando desconfiado. O que você sabe sobre a minha mulher? O que quer saber? O pequeno Dubin, desconcertado, gaguejando alguma desculpa que só aumentara a desconfiança do marido traído. Talvez Dubin estivesse, naquele momento, sequestrado em algum porão de Frondosa. Ou já tivesse sido eliminado, como o Amante Secreto. Os Martelli eram bandidos capazes de tudo, disso eu não tinha dúvidas. Saí mais cedo da editora e passei no cursinho em que Dubin dava aulas. Não, ele não tinha aparecido. Não tinham notícia dele. Rumei para o bar do Espanhol, que também me olhou com estranheza, como o Black. Eu no bar, numa segunda-feira? Precisava me reunir com o comitê organizador da Operação Teseu. Mas só quem estava no bar era o professor Fortuna, que recomendou calma. Devíamos esperar pelo menos mais dois dias. Se Dubin não desse sinal de vida, agiríamos. Colocaríamos outro homem dentro para saber o que acontecera.

— Quem?
— Eu — disse o professor Fortuna. Pedi uma cachaça.

7.

Espionar é esperar. A frase é do John le Carré. Você coloca seus agentes e espera o efeito da sua ação, espera a reação dos espionados à sua ação, espera que seu agente se manifeste, espera que o pior não aconteça. Na quarta-feira ainda não tínhamos notícia do Dubin. Ele podia telefonar para a minha casa ou para a editora. Não telefonara. Sua mãe também não tinha notícia dele. Não parecia muito preocupada. Era comum, deduzi, o Joelzinho passar dias sem aparecer em casa e sem telefonar. Saí da editora no fim da tarde e fui para o bar do Espanhol. Olhei em volta e não vi o professor Fortuna. Vi o Tavinho sentado a uma mesa com um homem bem barbeado, com o cabelo alisado para trás e vestindo um blazer azul com botões dourados. Só quando cheguei perto da mesa me dei conta de que o homem era o professor, transfigurado. Eu nunca o vira sem a barba cerrada e o sobretudo cor de rato molhado. Ele apontou para uma maleta ao lado da sua cadeira e disse:

— Vou pegar o ônibus noturno para Frondosa daqui a uma hora.

— Tem certeza, professor?

Me senti obrigado a protegê-lo. Sabia pouco da sua vida fora do bar do Espanhol. Sabia que era um farsante, nada mais. Talvez ele nem tivesse uma vida fora do bar do Espanhol. Talvez aquela fosse a sua primeira incursão no mundo real. E eu era o responsável.

— Estou pronto — disse ele.

— Espera um pouquinho. Temos que acertar algumas coisas. Eu preciso lhe dar dinheiro para...

— Eu tenho dinheiro. Já comprei a passagem.

E se o professor fosse um milionário excêntrico? Eu não sabia nada, nada a seu respeito.

— E a sua legenda? — quis saber o Tavinho, que adotara o jargão. — Você vai chegar lá como o quê?

— Filósofo. Um filósofo errante, em busca da verdade.

— E por que a verdade estaria em Frondosa?

Ele ignorou minha pergunta e disse:

— Se o Dubin telefonar, diz para ele voltar, que agora começa o trabalho sério. Crianças fora. Isso é uma tarefa para adultos.

Ele já estava se levantando quando me lembrei de perguntar:

— Se acontecer alguma coisa com você, a quem eu devo avisar?

— O que pode me acontecer?

E acrescentou, já saindo pela porta:

— Isso tudo não é uma ficção?

Espionar é esperar. Em casa, esperando algum sinal do Dubin, fiquei imaginando o professor no seu ônibus noturno a caminho de Frondosa, seguindo o fio da nossa Ariadne ao contrário para dentro do labirinto. Eu deveria ter impedido aquela loucura. O professor era um mistério. Se ele também desaparecesse, como o Dubin, eu não saberia o que fazer. Não sabia se ele tinha uma família ou alguém responsável por ele. Não sabia o seu passado. Nada, nada. O que Ariadne e Frondosa teriam despertado naquela mente obscura, que fantasias ou esperanças adormecidas teriam sacudido lá dentro? Era verdade que eu não podia estranhar o novo e escanhoado professor com seus botões dourados. Eu também mudara com o feitiço de Ariadne. Nem meu cachorro me reconhecia mais. E afinal, pensei, enigmáticos e farsantes devem dar os melhores espiões. O professor tinha o gosto pela simulação, talvez só não o tivesse exercido ainda na vida real, longe do bar do Espanhol e da literatura. A questão era como a vida real receberia o professor transfigurado. Em Frondosa, ele...

O telefone tocou. Era o Dubin. Falando do paraíso.

— Estou no céu! Estou no céu!

— O que aconteceu com você?

— Estou apaixonado!

— Você não vai mais voltar?

— Depende.

E Dubin contou que na manhã de sábado Paula o levara para passear pela cidade e arredores no seu carro. Na chácara perto da cidade onde seu pai plantava rosas ela o conduzira até um córrego borbulhante, na beira do qual tinham se amado entre insetos e carrapatos, à sombra de uma figueira. Sim, disse Dubin, os córregos borbulham mesmo, como nos livros. Eu ouvi. E amar ao ar livre, sobre a grama, no meio da manhã, era diferente de tudo que ele já experimentara na vida.

— O cheiro da terra, cara! Cheiro de bosta! Tesão telúrico! Tesão telúrico!

Na volta para a cidade Paula perguntara qual era o signo dele e revelara que, de acordo com *Astrologia e amor*, seus signos não apenas combinavam como se completavam, tinham o que o livro chamava de "compatibilidade alfa, vertical e horizontal", responsável pelos maiores casos de amor da História, segundo Fulvio Edmar. Ainda incerto sobre o que o esperava com Paula, Dubin recitara o verso sobre sua hipotenusa em riste estar atrás de um triângulo acolhedor, e diante da cara de incompreensão da moça, decidira: estava apaixonado. À tarde tinham ido ver o jogo de futsal do time local no ginásio da cidade, para tentar um contato com os irmãos Martelli. E então Dubin contou:

— Vi ela.

— Viela?

— Eu a vi. A Ariadne.

— O quê?!

Ariadne na arquibancada. Braços dados com o marido Franco. Ao lado deles, Fabrizio e a mulher. Ariadne era bonita? "Linda." Parecia triste? "Meio distraída. Mal acompanhava o jogo." Como estava vestida? "Esportiva. Cabelo preso atrás. Pelo que deu para ver, sem pintura."

— Mas você não chegou perto deles?

— Não deu. No fim do jogo tentei me aproximar, mas não deu. Vi que o Fabrizio estava irritado. O time deles perdeu, apesar da atuação espetacular do jogador novo, o Mandioca. Saíram rapidamente do ginásio.

— Ela estava de braços dados com o marido?

— O tempo todo. Se ele matou o amante, já está perdoado.

— Que tipos têm os irmãos?

— O Franco é bonitão. Boa cabeleira. O Fabrizio é mais velho e mais gordo, o Franco mais atlético. Os dois são morenos, mais pra altos do que pra baixos.

— Filhos da puta...

* * *

Perguntei ao Dubin se Ariadne parecia estar sedada. Franco talvez a estivesse obrigando a sair com ele, a ser vista de braços dados com ele, para desmentir qualquer falatório.
— Ela parecia meio aérea...
Era isso. Estava sedada. Franco era um monstro. Em casa, a mantinha presa no quarto. Onde, embaixo do cobertor, ela escrevia sua denúncia, seu pedido de socorro, sua carta de suicida. Quanto tempo teríamos? Ela não se suicidaria antes de terminar o livro que, através da Amiga, ou, milagrosamente, por sua própria iniciativa, estava mandando em pedaços para a editora. Não se mataria antes de fechar seu coração. Ou se mataria? Ou seu editor chegaria a tempo para salvá-la?

Dubin ainda não tinha encontrado o Galotto que bebia e jogava sinuca no bar ao lado do hotel. Mas naquela noite de sábado Paula o levara à boate Arpege, onde a juventude com dinheiro da cidade se reunia para dançar e onde — com alguma dificuldade, pois o volume da música só permitia que falassem aos gritos — conversara com Lúcio Flávio, um comerciante de antiguidades alto e pálido que também era o cronista social da *Folha da Frondosa*, sabia tudo sobre todos na cidade e passara a noite chupando alguma coisa de dentro de sucessivos abacaxis com canudos até saltar de repente, arrancar a camisa do corpo, gritar "Limpem a pista!" e sair dançando, girando a camisa sobre a cabeça como um rotor de helicóptero. Antes de decolar, Lúcio Flávio dera a ficha completa de Galottos e Martellis. Descrevera o pai de Ariadne como um inocente e os irmãos Martelli como homens de negócio espertos. Gângsteres? Não, não chegaria a tanto. Tinham passado a perna no velho, certo, mas era esperado que homens de negócio enganassem artistas. Ele mesmo era um homem de negócios e um artista, conhecia os dois lados e não tinha ilusões sobre o comportamento humano. Tentando ser o mais casual possível, Dubin perguntara o que Lúcio Flávio sabia de Ariadne. Muito lida, dissera Lúcio Flávio. Linda? Não, lida. Linda e lida. E mimada. Não fora criada para ser mulher de um Martelli, sem nome e sem cultura. Mas na cidade se comentava que Ariadne, que falava quatro línguas e sabia distinguir um Manet de um Monet, concordara em casar com o Franco Martelli, que dizia que pintor para ele só existia o Cappelletti, tão bom que dera nome a uma sopa, em troca de um empréstimo para o pai salvar a fábrica. E mesmo de posse da Ariadne os Martelli tinham cobrado o empréstimo impagável e assumido o comando da empresa. E então, com muito cuidado, Dubin perguntara se existia algum boato envolvendo Ariadne. Alguma coisa como um amante... Não, Lúcio Flávio não sabia de nada. Só repetiu o que Paula já dissera, que Ariadne era superprotegida pelo marido. Quase não era vista na cidade. Frequentava a sua loja de antiguidades mas raramente fazia uma compra. Dizia que só ia lá "para visitar o passado". Ia à missa das dez na igreja da praça todos os domingos, se confessava e comungava. Às vezes aparecia em algum acontecimento social com Franco, mas passava a maior parte do tempo trancada em casa. A essa altura Lúcio Flávio já estava no seu quinto ou sexto abacaxi e começara a se lamentar. Era um cronista social de merda, num jornal de merda, numa cidadezinha de merda. Entendia a Ariadne, que ia à sua loja para se refugiar da aridez de Frondosa no passado. Mas Lúcio Flávio sentia que seu talento ainda seria reconhecido e ele teria seus dias de glória. De glória! E então saltara do seu pufe zebrado e saíra dançando. Segundo Dubin, Santa Edwige dos Aflitos tem uma boate igual à Arpege, chamada Bora Bora, mas ela não tem pufes zebrados.

* * *

Dubin me pediu para não contar à sua mãe que domingo de manhã fora à missa da igreja da praça. A mãe vivia tentando convencê-lo a frequentar a sinagoga e não aceitaria que, além de ir a uma igreja católica, ele se ajoelhara no corredor em frente ao altar e fizera o sinal da cruz. Tudo parte do disfarce de um espião. Ariadne estava sentada em uma das primeiras filas ao lado de uma senhora estranhamente escura, que parecia recém-saída de uma mina de carvão. A mãe dos Martelli, explicara Paula, com quem Dubin entrara na igreja de braços dados. Não, a senhora Martelli não era suja, tinha um problema nos poros que lhe dava aquele aspecto fúnebre. Cochilara mais de uma vez durante o sermão do padre, o padre Bruno, apesar de ele ser surdo e falar aos gritos. Dubin guardara o detalhe do cochilo. Talvez pudesse usá-lo mais tarde. Ariadne olhava fixamente para o altar, sem mover a cabeça. Levantara-se para receber a hóstia e voltara para seu lugar sem erguer os olhos. Usava um véu negro sobre os cabelos loiros. Dubin não encontrara um lugar para sentar-se perto dela. Não sabia o que faria se tivesse encontrado. Não poderia puxar conversa no meio da missa, ou tentar cochichar no seu ouvido. E cochichar o quê? Pediu para Paula apresentá-lo a Ariadne na saída da igreja.

— Por quê? Eu há anos não falo com ela.

— Acho que vai ser importante conhecê-la, para a minha pesquisa...

Ariadne sorrira ao ver Paula. Nota do Dubin para o sorriso: o máximo. Dez!

— Há quanto tempo, Paulinha!

— Pois é. Este é um amigo de Porto Alegre, o Joel. Um poeta.

— Poeta menor — dissera Dubin, apertando sua mão.

Outro sorriso do mesmo quilate. Aperto de mão: firme. Mão: algo fria. Mas ela não o olhara nos olhos.

— Precisamos nos ver mais seguido — dissera Ariadne a Paula.

— A gente vive na mesma cidade e mal se vê.

Vamos combinar alguma coisa etc. etc. Beijinho, beijinho. E Ariadne se despedira de Dubin dizendo que gostava muito de poesia e queria ler um dos seus poemas.

— Não faça isso ou perderá o gosto — dissera Dubin, premiado com outro sorriso perfeito.

Perguntei ao Dubin se ele de alguma maneira sentira que estava na presença de uma suicida em potencial. Dubin respondeu que a única coisa que lembrava a morte durante o encontro era a escura mãe dos Martelli. Que se mantivera afastada do grupo durante a conversa, mas atenta como um segurança, e ouvindo tudo.

À tarde Paula e Dubin tinham voltado à chácara das rosas e se amado outra vez à beira do córrego borbulhante, dessa vez espiritualmente revigorados pela visita à igreja de manhã e um assado de ovelha no almoço. E no que Dubin descrevia como remanso pós-coital, quando as pessoas se entregam a confissões e retrospectivas íntimas, cada um tinha contado sua vida ao outro, no caso do Dubin numa versão bastante enriquecida pela ficção. Paula já tivera uma desilusão amorosa, um marido que acabara concentrando toda a sua amargura com a vida em comentários sobre o tamanho da sua bunda e a abandonara. Paula jurara que jamais se casaria de novo. Dubin não podia me garantir, mas achava que, já quase dormindo à sombra daquela figueira antiga, incapaz de distinguir o canto rascante das cigarras do hmmmmmm de satisfação do seu cérebro, ouvira Paula cochichar no seu ouvido que estava disposta a quebrar o juramento.

— E isso — acrescentou Dubin — que estou lavando minhas cuecas na pia do hotel.

Naquela quarta-feira Lúcio Flávio publicara na sua coluna da *Folha da Frondosa* que a cidade recebia um visitante importante, Joel Dubin, professor, poeta e sociólogo, que estava em Frondosa para fazer um estudo das indústrias Galotto. E o cronista aproveitara para sugerir que Fabrizio Martelli desse mais atenção à sua empresa e desistisse da intenção de se reeleger prefeito e continuar a enfear a cidade, no que teria o total apoio de uma comunidade agradecida. Naquela mesma tarde Dubin recebera um telefonema no hotel dizendo que o prefeito gostaria de conhecê-lo. Uma visita à prefeitura estava marcada para o dia seguinte.

— Você, então, vai ficar aí? — perguntei.
— Mais alguns dias. Ou a vida inteira, se casar com a Paula.
— Não vai precisar de dinheiro?
— Estou sendo patrocinado pelo Uruguaio! Ele concordou em financiar minha contratação pelo jornal do pai da Paula. E vai pagar o meu quarto no hotel. Eu estou no céu, velho. Estou no céu! Só preciso comprar roupa. Pelo menos cuecas. Vou ter que falar com o Uruguaio.
— O que você vai ser no jornal?
— Faxineiro ou editor-chefe, ainda não sei.
— E as suas aulas no cursinho? E o seu trabalho na editora?
— Por favor, não lembre a minha vida real numa hora dessas.
— Telefone amanhã pra editora.
— Certo.
— E olha...
— O quê?

— O professor está indo praí. Deve chegar amanhã de manhã.

— O professor Fortuna?! O que ele vem fazer aqui?!

— Não tenho a menor ideia. Ele mesmo se escalou. E você talvez não o reconheça.

— Por quê?

— Ele está de barba feita e usando um blazer com botões dourados.

— Cacete.

8.

A chegada do Marcito na editora é sempre um espetáculo. Ouvimos o ronco da sua moto se aproximando e depois subindo ruidosamente para seu espaço reservado na calçada, e as últimas explosões do motor antes de ser desligado, como os estertores de um monstro. Depois Marcito irrompe pela porta ainda com seu capacete colorido na cabeça. Todos os dias, somos invadidos pelo mesmo gigantesco inseto espacial. Naquela quinta-feira, ele perguntou:
— E o Dubin?
— Ainda não voltou.
Eu ia dizer "e talvez não volte mais", mas desisti. Teria que explicar os novos desdobramentos da Operação Teseu, e Marcito não estava mais ouvindo. Já tinha entrado na sua sala, de onde chamou:
— Bela, venha aqui por favor.
A bela Bela entrou na sala e fechou a porta. E eu voltei a dar atenção à correspondência do dia. Poucos envelopes.

Entre eles um convite para o lançamento de *Poemas e Pensamentos* da Corina, com autógrafos e coquetel, dali a alguns dias. Na margem do convite, um recado pessoal escrito à mão: "Espero ver você lá, verme". E um envelope branco de Frondosa. Com o quarto capítulo.

Na noite anterior eu sonhara com Ariadne. Ou sonhara com uma adolescente de vestido branco com longos cabelos loiros caindo sobre os ombros nus descendo uma grande escadaria. O rosto não era o da fotografia. As feições eram difusas, como se alguém tivesse tentado apagá-las. Eu a esperava no fim da escada, mas ela nunca terminava de descer, seus traços nunca se definiam. Era como se a escada fosse se alongando à medida que ela descia e seu rosto ficasse cada vez mais remoto. Acordei com um pensamento. Na verdade, foi o pensamento que me despertou do sonho. Se o Amante Secreto lembrava-se de Ariadne descendo a escada com quinze anos, e lembrava-se dela descendo a escada ainda criança, e ainda criança perdendo a paciência com o piano, significava que eles tinham sido crianças juntos. A casa do ipê-amarelo pertencia à memória dos dois, os dois tinham um passado em comum dentro da casa. Ele talvez fosse um primo, ou um amigo de infância, ou outra pessoa de quem ela jamais pensara em tornar-se amante. Tornarem-se amantes era a profanação desse passado a que ela se referia. Ou a reocupação do passado, para vivê-lo outra vez em outros corpos e com outro destino.

O quarto capítulo era sobre o Amante Secreto. Que ela chamava, estranhamente, de "uma criança dourada" que o mundo iria "matar e comer". Tinham passado a se encontrar na casa abandonada, sempre à noite. Amavam-se no chão, rodeados pelas velas acesas. Ou subiam pelo que sobrara da escada para o antigo quarto dela, que não tinha mais teto. Através das brechas no telhado ela via o céu, que descrevia como um papel-carbono furado cujos furos deixavam passar "a luz branca como osso como a morte que tem por trás de tudo". Amavam-se com uma fúria meio desesperada. Ela iria casar-se com Franco, que identificava no texto apenas como "Ele". A data já estava marcada. Ariadne dizia que não poderiam continuar se encontrando depois do casamento, e o Amante Secreto pedia que continuassem pelo menos até a casa do ipê-amarelo ser demolida, até não sobrar mais nada daquele passado em ruínas ao qual os dois tinham voltado para revivê-lo dessa vez como amantes. Ela dizia que aquilo seria uma loucura e ela não era louca. "Eu sou", dissera ele. "Sempre fui." "Não, você sempre foi uma criança", dissera ela. "Você tomou o fato de que todos nós crescemos e você não como uma traição." E ele, com a cabeça entre seus seios: "Então é isso, você voltou ao passado para me buscar? Isso é um resgate?". "Não disse eu você é que me arrastou de volta para este passado inocente para esta outra infância. Isto é um sequestro."

Um dia o Amante Secreto lhe mostrara: "Olha o que eu estou escrevendo". Era um diário de todos os encontros dos dois na casa em ruínas, desde o primeiro. Tudo que tinham feito, tudo que tinham dito. Ela pedira para ele destruir o diário, mas ele se recusara. Era o que restaria depois que a casa fosse destruída, para lembrar aqueles dias. "E mesmo", dissera, "quem poderá provar que o diário não é fictício?" Ela insistira: "Mas o meu nome está aí é perigoso". E ele: "Existem muitas Ariadnes no mundo".

* * *

A criança dourada aparecera no casamento vestida totalmente de preto. Terno preto, camisa preta, gravata preta, e uma argola no nariz. Um mês depois de voltar da lua de mel em Punta del Este Ariadne passara em frente à casa do ipê-amarelo e ele estava numa janela, como se a esperasse, como se tivessem marcado a hora precisa para se reencontrarem. Ele não fizera um gesto, apenas sorrira, e ela subira pela escada de lajes rachadas até a porta da casa, que estava aberta, como se também a esperasse, e entrara com o que não sabia se era um gemido, um soluço ou um grito de alegria, mas que de qualquer maneira era uma rendição à loucura. "Li que a palavra grega para seduzir também quer dizer destruir. Não sei se eu o seduzi trazendo-o da sua infância perenizada" (escrita com esse) "ou se ele me seduziu de volta ao passado se foi um resgate ou um sequestro", escrevera Ariadne, como sempre economizando vírgulas, "mas o fato é que nos destruímos mutuamente. Eu me matarei em breve como a Ariadne abandonada na ilha de Naxos e ele foi assassinado e depois comido pelo cimento."

Levei um susto. "Cimento?!" Franco tinha matado ou mandado matar o Amante Secreto — e o sepultado em cimento? Gângsteres. Eles eram gângsteres. Franco mantinha Ariadne sedada e sob constante vigilância. Ela só podia sair de casa acompanhada da sogra fúnebre descrita pelo Dubin. Ia à missa aos domingos e aos jogos de futsal junto com o marido, agarrada ao seu braço, submissa. E passava o resto do tempo fechada em casa, acuada pelos gângsteres, escrevendo a sua longa carta de suicida em capítulos. Ou talvez ela não estivesse escrevendo uma carta de suicida, mas um pedido de socorro. O mito de Ariadne tem dois desfechos, dependendo da versão. Numa das versões, abandonada na ilha de Naxos por Teseu, ela se mata. Em outra, ela é salva por Dionísio, de quem se torna amante e com quem alcança a felicidade eterna, a felicidade dos deuses. A literatura de Ariadne era um apelo a Dionísio, qualquer Dionísio, inclusive um de meia-idade com cirrose incipiente, para salvá-la do seu passado e mudar o seu destino. Eu precisava ir a Frondosa, como deus ou como editor. Mas não agora, não agora.

No fim da tarde, Dubin telefonou. Com voz de sono. O safado podia estar na cama com a Paula ao seu lado. Mas estava cheio de novidades. Primeira informação: não sabia que fim levara o professor Fortuna. Sabia que ele tinha se registrado no hotel de manhã cedo, mas não o encontrara. O professor estava solto em Frondosa, fazendo ele não imaginava o quê. Dubin estivera na prefeitura, onde fora recebido amavelmente por Fabrizio, que perguntara sobre sua pesquisa. Ele explicara que fazia um estudo sobre a sucessão em empresas familiares no interior do Rio Grande do Sul e que o caso da Galotto lhe parecia típico. Fabrizio se oferecera para providenciar uma visita às instalações da fábrica e combinar um encontro com seu irmão Franco, que era quem dirigia a empresa de fato. E, já de pé, depois de Dubin ter agradecido a recepção e de terem se apertado as mãos, o prefeito abandonara o tom formal e iniciara uma conversa surpreendente, com uma mão no ombro do Dubin. A pequena estatura do Dubin provoca uma intimidade instantânea nas pessoas.

— Você deve ter ouvido falarem mal de mim por aí — dissera Fabrizio, com um sorriso. — O prefeito que derruba árvores e substitui por cimento.

Dubin não soubera responder. Gaguejara:

— É. Não. Eu...

— Eles têm razão. Mandei derrubar a árvore do meio da

praça, a que dava o nome à cidade. Uma tristeza. A árvore era uma beleza. Mas o que eles não dizem é que ela estava podre. Havia o risco de cair um galho na cabeça de alguém, de uma criança...

— Certo.

— A árvore podia cair na cabeça do Galotto, um dos antigos donos da fábrica, que todas as noites tomava uma bebedeira e ia mijar no tronco. Eu até acho que foi a urina do Galotto que acabou de apodrecer a árvore. E aí, o que iriam dizer do prefeito?

— Pois é...

— De certa maneira, foi a mesma coisa com a fábrica. Estava falida, podre. Os Galotto eram muito respeitados, faziam parte da história da cidade, mas não sabiam gerir a empresa. O velho era um artista, vivia viajando, gastando o dinheiro que não tinha mais. E os filhos...

Fabrizio deixara a frase inacabada. Os filhos, implicitamente, também tinham apodrecido.

— Nós salvamos a fábrica. Salvamos milhares de empregos — continuara Fabrizio. — Mas isso eles também não dizem.

Dubin deduzira que o prefeito já sabia da sua ligação com Paula e estava mandando um recado para seu pai.

Outra novidade do Dubin: finalmente conhecera o irmão mais velho de Ariadne, o Ariosto Galotto, no bar ao lado do hotel. Muito bem-vestido, gravata e colete. No meio da tarde já estava bêbado, mas o conhaque ainda não lhe enrolara a língua nem afetara seu estilo na sinuca. Fora a primeira e última vez que Dubin conseguira ter uma conversa normal com ele. Perguntara sobre sua irmã e ele contara que almoçava com ela todas as quintas-feiras, a pobrezinha. Por que "pobrezinha"?

— Porque eu sou a única pessoa que ela recebe, fora a

família do marido. Passa todo o tempo naquele casarão, não sai, não tem amigas...

Dubin revelara ao Galotto o que o prefeito dissera a seu respeito e ele dera uma gargalhada:

— É, e continuo mijando na praça todas as noites. Ainda vou destruir aquela roda indecente de cimento a mijadas.

Ariosto Galotto não era o único tipo pitoresco da cidade que Dubin conhecera naquela tarde. Frondosa já deixara Santa Edwige dos Aflitos longe em matéria de tipos excêntricos. Paula lhe apresentara Rico, um moço pálido, com olheiras e um feio afundamento na têmpora, cuja mão magra e fria que Dubin apertara com cuidado poderia ser de um cadáver. Depois Paula contara a sua história. Rico não era seu nome verdadeiro. Ele fizera um pacto suicida com a namorada, porque os pais dela não aceitavam o namoro. Ela roubara uma pistola do pai para se matarem. Atiraria nele, depois contra a própria cabeça. Mas o tiro, milagrosamente, não penetrara na cabeça do namorado. Ele apenas desmaiara. A menina, horrorizada com o que fizera ou assustada com o volume inesperado do estampido, jogara a arma longe e saíra correndo. Ele recuperara os sentidos em pouco tempo. E até aquele dia só tinha uma explicação para a bala não tê-lo matado:

— Ricocheteou.

A partir de então passara a ser chamado de "Ricocheteio" e, com o tempo, de "Rico". Os pais da namorada, impressionados com a quase tragédia que sua intolerância provocara, tinham voltado atrás e permitido o namoro, mas ela não o quisera mais, em parte — comentava-se na cidade — porque o afundamento na têmpora causado pela bala o desfigurara. Rico formara-se em ciência contábil, surpreendentemente, pois antes do tiro era uma nulidade em matemática, e passara a fazer poesia. Era, inclusive, presidente do Clube dos Poetas, financiado pelo Uruguaio, que se reunia semanalmente numa sala dos fundos da Fotos Mazaretto, que agora também era livraria e copiadora. Rico tinha um hábito curioso: não se importava que as pessoas vissem o afundamento na sua têmpora, mas quando ia ao bordel da Loló usava uma máscara que lhe tapava todo o rosto. "Por respeito", dizia. E enquanto todos os que frequentavam a casa da Loló disfarçavam a sua ida, Rico fazia questão de atravessar a cidade e passar na frente da casa da ex-namorada, usando a máscara, quando se dirigia ao bordel. Para que todos soubessem onde estava indo, e que o ricocheteio podia tê-lo transformado em matemático e poeta, mas não afetara seu vigor sexual.

A benemerência do Uruguaio, motivada pela culpa, não tinha limites. Além de pagar o aluguel da sala em que Rico e outros poetas da cidade se encontravam para ler seus trabalhos e fazer saraus literários, sustentava o jornal do pai da Paula, comprara o jogador Mandioca para o time de futsal dos Martelli, apesar de ser contra o prefeito, e mantinha em funcionamento no seu lugar tradicional, atrás do cemitério, o bordel da Loló. Dubin me contava tudo isso em êxtase. Para se chegar ao bordel da Loló, atalhava-se pelo cemitério. Segundo ele, a frase "Vou visitar o túmulo da mamãe", de tão repetida para explicar falsas idas ao cemitério que na verdade eram idas à casa da Loló, se incorporara ao folclore da cidade e perdera toda credibilidade quando até maridos com mãe viva começaram a usá-la. Outra curiosa figura municipal era Afonso, pai da Paula, velho jornalista que andara por todo o mundo, inclusive um bom tempo na União Soviética, como contara sua filha, e voltara à sua cidade natal para fundar o *Folha da Frondosa*, no qual de quando em quando escrevia longos artigos sobre antigas questões doutrinárias do comunismo, que poucos liam e ninguém entendia. Dizia que sua velha compulsão de mudar o mundo agora se resumia nas experiências revolucionárias que fazia com rosas na sua chácara, perseguindo o que chamava de "o vermelho perfeito". As causas modernas do jornal, como as críticas ao prefeito antiecológico, ele deixava para Paula e seus amigos jovens. Dubin também conquistara o coração de Afonso, inventando uma secreta admiração por Stálin.

Tudo muito pitoresco, mas era preciso dar sequência à Operação Teseu. Dubin deveria, antes de mais nada, localizar o professor Fortuna para evitar que ele fizesse alguma besteira que comprometesse nossa missão, cujo objetivo principal era chegar a Ariadne sem despertar a suspeita dos filhos da puta que a mantinham sob guarda. Dubin deveria investigar a hipótese, que me parecia óbvia, de que era Ariosto Galotto quem estava nos mandando os manuscritos da irmã. Almoçava com ela todas as semanas, não teria problema em sair com as folhas escondidas, copiá-las e mandá-las para a editora pelo correio. Isso explicaria as letras tremidas no envelope, que não eram de criança, eram de bêbado. E era ele, que podia ou não ser cúmplice da vingança de Ariadne contra o marido, da sua denúncia-testamento, quem pegava as minhas cartas na caixa postal. A tal Amiga não existia, era a própria Ariadne. Outra coisa:

— Vê se descobre que fim levou o irmão mais moço, e como foi feita essa roda de cimento no meio da praça.

— O que tem a ver uma coisa com a outra?

Contei ao Dubin o que Ariadne escrevera sobre o Amante Secreto. Não era improvável que a "criança dourada" fosse seu irmão mais moço e que seu corpo tivesse sido engolido pelo cimento da praça. A reação do Dubin foi uma frase:

— Puta que os pariu.

— A Paula não se lembra de ter visto o irmão mais moço vestido todo de preto no casamento?

— Não. Só o que me contou sobre ele é que era bonito e tinha um ar sonhador e romântico, como eu. Sem a minha simpatia.

— Cuidado, Dubin. Esse é um lugar perigoso para poetas, mesmo os menores.

— Eu estou fazendo um sucesso enorme. A Paula não me larga, o pai dela me chama de camarada, acho que o prefeito quer me adotar...

— Cuidado, Dubin.

Quando saí da editora, era tarde. Ficara lendo e relendo o que Ariadne escrevera sobre o Amante Secreto. Em casa, pedi uma pizza pelo telefone. Já contei que a Julinha desistiu de mim, levou o João e foi morar com a irmã? Ela não me aguentava por causa da bebida e descobriu que sóbrio eu era pior. Fiquei sozinho com o Black. Mas ele também não estava falando mais comigo.

9.

No bar, Miguel de Unamuno me recebia com cara feia. Minha abstinência estava lhe dando prejuízo. Naquela sexta-feira, enquanto relatava ao Tavinho e ao Fulvio Edmar o que acontecia em Frondosa, as aventuras de Joel Dubin num lugar que ele mesmo parecia ter inventado, não tomei mais do que uma mineral com gás. Hesitei antes de contar ao Fulvio Edmar que seu livro *Astrologia e amor* era muito lido em Frondosa. Que era por sua causa que Ariadne estava nos mandando seus originais. Aquilo só lhe daria mais argumentos para reivindicar os direitos autorais que Marcito se negava a pagar, "para não dar mau exemplo". Marcito não gosta de autores em geral e dos que reivindicam seus direitos acima de todos. Alguém querer ser pago além de publicado parece ao Marcito uma forma particularmente repulsiva, quase obscena, de pretensão literária.

O Tavinho quis saber:
— Notícia do professor?
— Nenhuma. Ele chegou, se registrou no hotel e desapareceu.
Perguntei se o Tavinho conhecia um jogador de futsal chamado Mandioca.
— Conheço. Ótimo jogador. Só meio...
Tavinho pensou um pouco antes de escolher o termo:
— Problemático.
— Como assim?
— Meio cigano. Não para em time nenhum. Gosta de uma farrinha. E dizem que leva propina para amolecer jogo. Mas ótimo jogador. Por quê?
— Ele está jogando em Frondosa.
— É bom ficarem de olho...

As últimas notícias de Frondosa eram que o nosso homem dentro estivera com Franco Martelli. Visitara a fábrica guiado por ele e fora convidado a almoçar na sua casa. Na caverna do monstro! A casa ficava numa zona residencial afastada do centro. Enorme, estilo modernoso. Piscina na forma aproximada de uma vírgula, o que Dubin considerara de alguma maneira significativo. Não, Ariadne não aparecera durante o almoço. Franco também simpatizara com o pequeno Dubin, como todo mundo. Falara sem hesitações sobre a tomada do controle da fábrica dos Galotto. Descrevera o velho Galotto como "uma figura extraordinária", um artista, mas sem vocação para negócios. E, sem que Dubin precisasse mencionar seu nome, falara sobre Ariadne.
— É uma pessoa muito frágil.
Poderia estar descrevendo uma peça de porcelana rara, justificando os cuidados especiais que merecia. De certa forma, justificando a sua ausência da mesa. E então acrescentara:

— Sei que vocês já se conheceram...
O monstro sabia do breve encontro de Dubin e Ariadne na saída da igreja. Nada escapava à sua vigilância. Nem uma lasquinha da porcelana. Dubin arriscara:
— Será que eu posso entrevistá-la? Sobre o pai? Sobre a fábrica?
Franco sorrira antes de dizer apenas:
— Não.

No sábado haveria outro jogo de futsal do time dos Martelli. Dubin iria ao jogo e tentaria se aproximar do casal. Paula resistira à sugestão de Dubin de tentar marcar um encontro com Ariadne, talvez uma visita à sua casa, um chá de velhas amigas, à tarde, quando — isso Dubin não disse — Franco não estaria lá. Paula não concordara. Não estava gostando daquela insistência de Dubin em se encontrar com Ariadne. Não adiantava ele dizer que era puro interesse sociológico, para sua pesquisa. Ela não estava gostando. Dubin tentaria falar com Ariadne no ginásio. Talvez lhe passasse um bilhete. Dizendo o quê? Ele ainda não sabia. E se um dos irmãos o visse passar o bilhete? Era perigoso. Ele também poderia acabar engolido pelo cimento.

Dubin contou que decidira se abrir com o Ariosto Galotto. Perguntar se era mesmo ele que levava os manuscritos da irmã para serem xerocados na Fotos Mazaretto e depois mandados para a editora. Se ele lia o que Ariadne escrevia, se sabia da sua intenção de se suicidar depois de se vingar do marido, publicando o livro. E se sabia que fim levara seu irmão mais moço. Mas Dubin só conseguira conversar com o Galotto no fim da noite, quando o álcool já embotava seu cérebro. Tivera que segui-lo até o centro da praça, onde ele mijaria no grande círculo de cimento, como fazia todas as noites. Galotto atravessava a rua em frente ao bar sem cambalear, entesado, com a gravata e o colete firmemente no lugar, mas suas respostas às perguntas que Dubin lhe fazia eram desconexas, num tom de oratória.

— Uma geração morre, outra toma seu lugar. Os últimos serão os... Depois para. Para tudo. Entende? Para. Nada mais.

— Você sabe o que a Ariadne está escrevendo?

— Gra-du-al-men-te. Gra-du... O que é isso? Ah, é o meu pau.

No meio da mijada, sorrira. Pensara numa frase:

— Os últimos cheirarão os primeiros. Hein? Hein?

Dubin insistira:

— Você sabe o que aconteceu com seu irmão?

— O último shou eu... O último show sou eu... A chuva sou eu...

E empinara o pau para tentar alcançar o centro do círculo de cimento com o arco da sua urina.

No domingo, Dubin telefonou para contar o que acontecera no sábado. Não, ainda não tinha notícia do professor, que simplesmente sumira. Na portaria do hotel não sabiam dele. Ele não estava dormindo no seu quarto, mas a maleta dele continuava lá. Mistério. O jogo tinha sido sensacional. Vitória do time da Galotto, com uma atuação espetacular do Mandioca. No sábado seguinte haveria uma partida decisiva, e Frondosa em peso acompanharia o time até uma cidade vizinha para o jogo. No ginásio, Dubin conseguira se sentar perto dos Martelli, apesar dos protestos da Paula. Os irmãos tinham lhe acenado, amistosamente, e Ariadne também abanara, com um sorriso vago. No intervalo do jogo Franco e Fabrizio haviam descido ao vestiário, presumivelmente para dar ordens ao treinador, e Dubin vira uma oportunidade de falar com Ariadne, que permanecera na arquibancada junto com a mulher do Fabrizio, as duas descritas por Dubin como "um loiraçal". Não chegara muito longe. Um "refrigerador marrom", segundo Dubin, interrompera sua aproximação com um "desculpe" e uma grande mão espalmada contra seu peito. Só então Dubin se dera conta de que havia quatro jogadores de rúgbi guardando as duas mulheres, um em cada ponto cardeal. Ele abanara outra vez para Ariadne por baixo do braço musculoso que o detinha e dissera "Quero lhe mostrar meus poemas", mas ela apenas fizera "sim" com a cabeça, com o mesmo sorriso vago, sem olhar nos seus olhos. Parecia sedada? Parecia. Talvez nem tivesse ouvido o que ele dissera. Dubin não via como chegar até Ariadne. Fora de casa, quando não estava escoltada pela sogra sombria, estava com o marido e com aquela falange de armários em volta. O jeito era entrar na casa e pegá-la sozinha. Mas ou muito se enganava ou as cercas que vira ao chegar para almoçar com o Franco eram eletrificadas. E não duvidava de que cães assassinos rondassem pelos jardins da casa. Tinha que atrair Ariadne para fora do cativeiro, para um lugar onde sua guarda não pudesse impedir um contato. Pelo menos um contato.

— Cuidado, Dubin.
— Pode deixar.
— E tente localizar o professor.
— Pode deixar.
— O que você está fazendo no jornal, afinal?
— Sou assistente de alguma coisa, ainda não sei o quê. Passo a maior parte do tempo conversando com o Afonso. Ele diz que nós somos os dois últimos stalinistas vivos.
— E a Paula?
— Também estamos ótimos. Só que peguei uma brotoe-

ja braba, de trepar no mato. Chega de tesão telúrico. Agora quero civilização. Temos ido para um motel. Chamado, veja você, "Topázio".

Na Santa Edwige dos Aflitos do Dubin o principal motel se chamava "Edredom Grená".

— Você comprou cuecas novas?

— O Uruguaio me comprou um enxoval completo. Estou pronto para casar!

O Marcito tinha autorizado uma nova impressão do *Astrologia e amor*. Como estávamos pelo menos nos falando e eu era outro desde que começara a ler os textos da Ariadne e parara de beber, Fulvio Edmar se animou a perguntar se a editora pagaria o que lhe devia ou não. Respondi que falaria com o Marcito, mas que não podia prometer nada. Eu estava mudado, sim. Passara a receber os originais que chegavam à editora com benevolência paternal. Não rejeitava mais nenhum. Escrevia que nosso conselho editorial iria examinar o texto e que enquanto a decisão não chegasse o autor ou a autora não deveria desanimar, pois qualquer que fosse o veredicto, não seria um julgamento do seu talento. Que o importante era não deixar que uma eventual rejeição podasse uma vocação literária que talvez só precisasse de mais tempo para florescer. Minhas cartas eram não apenas de incentivo aos novos escritores como de exaltação à literatura e àquela magnífica compulsão que levava as pessoas a querer produzi-la, muitas vezes do nada. E se nosso conselho editorial desaconselhasse, por alguma razão, o aproveitamento do seu trabalho, sempre restava ao autor a possibilidade de pagar à editora para vê-lo publicado — como (isso o autor talvez não soubesse) faziam os maiores escritores do mundo. Não sei se foi a abstinência do álcool ou o feitiço da Ariadne, o sortilégio daqueles textos sem vírgulas que me tocavam com sua sensibilidade e seu desespero e suas frases surpreendentes, o fato é que eu amolecera. Me lembrava das noites que passava em claro, lendo obsessivamente, como um devoto, com a lâmpada acesa sob a coberta quando minha mãe me mandava parar para dormir, e das minhas próprias fantasias de ser escritor, fazer livros, pertencer à confraria dos que urdiam aquelas maravilhas. O Dubin dizia que a má literatura é a literatura em estado puro, intocada por distrações como estilo, invenção, graça ou significado, reduzida apenas ao ímpeto de escrever, à magnífica compulsão. Dizia isso para me provocar, nas nossas intermináveis discussões na mesa do Espanhol, mas naqueles dias, enfeitiçado pelos textos da Ariadne e com minha misantropia natural dissolvida em água mineral, eu lhe dei razão. Todos nós merecíamos pertencer à irmandade dos que escrevem, só por querer. Até a Corina. Era admirável aquela necessidade de escrever, com ou sem talento, fosse para abrir um coração ferido antes de fechá-lo para sempre, como a minha trágica Ariadne, ou para bobagens como... como... Como *Astrologia e amor*, do Fulvio Edmar. Que, aproveitando-se da minha nova tolerância com a espécie humana, fez uma proposta: a editora lhe venderia toda a nova tiragem de *Astrologia e amor* a custo e ele próprio venderia os livros e ficaria com a renda. Começando por Frondosa, onde, aparentemente, seu público era grande. Eu disse que falaria com o Marcito.

    Notícia importante de Frondosa, pelo telefone: Dubin finalmente encontrara o professor Fortuna. Numa mesa de bar, tomando uma cerveja com o Rico, o do afundamento na têmpora. O professor fingira não conhecer Dubin, que compreendera sua cautela e também não dera sinal de conhecê-lo ao passar pela mesa e cumprimentar o Rico. Afinal, estavam os dois numa missão secreta. Depois, na boate Arpege, Dubin descobrira com Lúcio Flávio, que sabia de tudo que se passava na cidade, o motivo da conversa de Rico com o professor. Este se oferecera para fazer uma palestra no Clube dos Poetas, que Rico dirigia. A palestra seria sobre... E Dubin fez uma pausa dramática antes de gritar:

— De Chirico!

— O quê?!

— O professor Fortuna fará uma palestra sobre o pintor De Chirico no Clube dos Poetas de Frondosa.

— Mas o que o professor sabe sobre o De Chirico?

— Provavelmente nada. Inventará na hora.

Dubin tinha mais para contar. Informara-se sobre a mãe de Ariadne, que todos descreviam como uma mulher apagada, que morrera antes do marido e aparentemente não correspondia à descrição feita pela filha. E sobre o círculo de cimento no centro da praça, feito em pouco tempo, depois de derrubada a grande árvore. Em tempo recorde. Uma equipe da prefeitura trabalhara a noite inteira para despejar e aplainar o cimento. Quanto ao irmão mais moço de Ariadne, ninguém se lembrava exatamente da última vez em que o vira. Seu desaparecimento podia ou não coincidir com a construção acelerada do círculo. Ariosto Galotto não ajudava. Dubin não conseguia fazê-lo falar do irmão mais moço, a quem só se referia como "Um anjo, um anjo". Dubin insistia:

— Que fim ele levou?

— Quem?

— O seu irmão mais moço.

— Um anjo, um anjo...

Ariadne chamara o Amante Secreto de uma criança dourada. Até que ela nos contasse mais sobre o seu fim, não saberíamos se havia um corpo dentro daquele círculo de cimento. Ou se o corpo era de um anjo.

* * *

Dubin concordou comigo: na sua inconsequência, o professor Fortuna acertara. Uma palestra sobre De Chirico provavelmente atrairia Ariadne, a tiraria de casa. O pai dela conhecera De Chirico na Itália. Ela devia seu nome a uma obsessão do pintor. Possivelmente sabia muita coisa sobre sua vida e sua obra, e se interessaria em saber mais ouvindo o professor Fortuna. Era coincidência demais, um especialista em De Chirico surgir daquela maneira em Frondosa, logo a sua cidade, a cidade do seu pai. Uma coincidência irresistível. O marido dificilmente a acompanharia na palestra. A escolta que a cercava no ginásio não caberia na pequena peça nos fundos da Fotos Mazaretto, onde se reunia o Clube dos Poetas. Restava a sogra escura. Mas podia-se confiar num cochilo da sogra escura para fazer um contato com Ariadne. Graças ao professor Fortuna, a Operação Teseu chegava perto do alvo. Tudo isso, claro, se Ariadne mordesse a isca e fosse à palestra sobre De Chirico.

Lúcio Flávio anunciou na sua coluna da *Folha da Frondosa* que o conhecido crítico, filósofo e professor Fortuna falaria sobre o pintor De Chirico no Clube dos Poetas no sábado, com entrada franca. No sábado uma delegação acompanharia o time de futsal da Galotto à cidade vizinha, para a semifinal do campeonato regional. Franco iria com o time e voltaria tarde da noite. Ariadne iria com ele ou ficaria em Frondosa? O monstro a forçaria a acompanhá-lo ou permitiria que ela ficasse e assistisse à palestra? Só descobriríamos no sábado, quando o professor, com sua carranca e seus botões dourados, começaria a dizer tudo o que sabia sobre o pintor De Chirico. Ou a inventar tudo o que não sabia.

* * *

O professor e Dubin reuniram-se furtivamente no quarto do primeiro, no hotel. Ninguém podia ver os dois espiões juntos. O professor explicou seu desaparecimento. No ônibus noturno de Porto Alegre conhecera uma moça bonita e simpática que o convidara a ficar com ela em sua casa — ou na casa de uma tia, chamada Loló, que ela estava indo visitar em Frondosa — nem que fosse só por duas ou três noites. O professor deixara sua maleta no quarto do hotel, pegara escova de dente e roupa de baixo e seguira a moça, através do cemitério, para a casa da tia. Tia Loló morava com quatro filhas, que recebiam namorados e amigos em seus quartos. O professor contou que iniciara a moça do ônibus no sexo tântrico, no qual ele fora um pioneiro no estado, e a levara ao delírio várias vezes por dia. No fim de três dias surgira um desentendimento quanto a dinheiro, que a moça mal-agradecida insistia em receber apesar dos seus orgasmos múltiplos, enquanto a tia Loló ameaçava chamar a polícia, e o professor se vira obrigado a pagar e sair. Na casa do cemitério conhecera o jogador Mandioca, que fora comemorar a vitória do seu time com três das filhas da tia Loló ao mesmo tempo, e uma figura interessante, um mascarado que namorava uma das meninas, e com quem conversara bastante sobre a arte, a vida e o mistério da natureza feminina. E que aceitara a ideia do professor de fazer uma palestra sobre De Chirico no espaço que alugava para o seu Clube dos Poetas.

Dubin e o professor combinaram como seria a palestra, caso Ariadne aparecesse. Dubin sabia que a sogra escura de Ariadne tinha uma tendência a cochilar. Na igreja, vira a sua cabeça pender várias vezes durante o sermão do padre Bruno, que era surdo e falava alto. Não importava o que o professor dissesse, ou com que volume. Poderia dizer qualquer bobagem, desde que fosse num monocórdio entediante o suficiente para derrubar a sogra e permitir o contato com Ariadne. O professor não gostou do "qualquer bobagem".

— Sei tudo sobre o De Chirico.

Os dois me telefonaram do quarto do hotel, para receber instruções. O que Dubin deveria dizer a Ariadne, se houvesse oportunidade?

— Diga que eu estou chegando. Que preciso falar com ela. E lembre-se, meu nome é Agomar Trapiche. Trapiche não, Peniche. Ou é Trapiche? Enfim, diga Agomar.

— Certo.

O professor só tinha uma dúvida para a sua palestra:

— Se diz De Quirico ou De Xirico?

Escolheram De Quirico. Era como pronunciava o Tavinho, que sabia de tudo.

10.

A primeira coisa que o Dubin perguntou quando telefonou para contar como tinha sido a palestra foi:
— O De Chirico tinha uma perna mecânica?
— Não sei. Por quê?
— Perguntei ao professor se era verdade que o De Chirico tinha tido um caso com a Ivona Gabor. Ele disse que sim, mas que durou pouco porque a Ivona não soube lidar com a sua perna mecânica.
— Vocês... — comecei, irritado com a falta de seriedade dos dois.
— Calma — interrompeu o Dubin —, correu tudo conforme o plano. A Ariadne apareceu e eu sentei ao lado dela. A sogra dormiu como previsto e eu disse a Ariadne que você viria aqui se encontrar com ela para falarem sobre o livro.
— E ela?
— Não disse nada. Fez que sim com a cabeça. Parecia confusa.

— Ela não disse nada, durante todo o tempo?

— Bom, fez umas perguntas ao professor. Perguntou sobre a influência da pintura de De Chirico em outras artes, como a poesia. E perguntou se ele não concordava que os quadros dele sobre a Ariadne eram na verdade quadros sobre a solidão.

— E o professor, como se saiu?

— Se estava inventando, foi bastante convincente. Até lascou uma longa citação do Nietzsche, em alemão. Foi o que fez a sogra dormir.

— E o professor fala alemão?

— Ninguém ficou sabendo ao certo. Era parecido.

— O que você combinou com a Ariadne?

— Nada. Eu disse que vocês poderiam se encontrar onde ela quisesse. Dei um cartão do hotel com o seu nome escrito atrás. Botei só Agomar.

— E ela?

— Pegou o cartão e não disse nada. Eu repeti que gostaria de lhe mostrar meus poemas e ela só sorriu. Depois recusou um convite do Rico para ir conosco à galeteria do Uruguaio, cumprimentou o professor, agradeceu a palestra e foi embora.

— Ela estava linda?

— Linda. Triste, mas linda.

O time de Frondosa derrotara o da cidade vizinha, com outra grande atuação do Mandioca. As visitas à casa da Loló, aparentemente, não afetavam seu desempenho. Pelo contrário: ele confidenciara ao Rico que precisava de sexo todos os dias, para manter a forma. Algo a ver com equilibrar os níveis dos seus fluidos corporais. O jogo seguinte seria o da decisão do campeonato regional e na cidade não se falava em outra coisa. Era preciso ficar de olho no Mandioca. Como ele era um jogador decisivo, e como era conhecido por aceitar propostas para amolecer na quadra e até fazer gol contra, dependendo do tamanho da proposta, montou-se um esquema para isolá-lo de qualquer influência externa e livrá-lo da tentação. Ele ficaria sob guarda permanente até a hora do jogo. Só sairia do hotel para ir aos treinos e voltar. Correu um boato de que chegaria alguém naquela semana com uma sacola de dinheiro para subornar o Mandioca. O próprio Mandioca fora entreouvido pelo professor descrevendo para as meninas da Loló os presentes caros que cada uma ganharia no fim do campeonato. Até a velha desconfiança da cidade com o Uruguaio voltara: se ele fosse visto fazendo apostas contra o time de Frondosa como fizera contra o time do Brasil em 1950, deveria ser severamente interrogado para contar o que sabia de um possível esquema para fraudar o jogo.

Fora ele que comprara o Mandioca para reforçar o time, mas um traidor é sempre um traidor. E estabeleceu-se um alerta na cidade. Todos deveriam ficar atentos à chegada de estranhos portando sacolas.

O Dubin perguntou se não era hora de incluir agentes locais na Operação Teseu. Paula e seu pai e o Lúcio Flávio poderiam nos ajudar, se soubessem qual era nossa missão. Ariosto Galotto seria um aliado natural — inclusive para elucidar a morte do seu irmão, se minha suspeita de que ele estava sepultado no meio da praça se comprovasse —, mas ele só ficava sóbrio, ou razoavelmente sóbrio, por um curto período às quintas-feiras, quando ia almoçar com Ariadne, e Dubin ainda não conseguira encontrá-lo numa quinta-feira na hora apropriada. Mas não concordei que deveríamos revelar nossa missão. Tínhamos que prosseguir com cautela. Qualquer deslize e a vida de Ariadne estaria em perigo, além da vida dos integrantes da Operação Teseu e seus cúmplices. Estávamos tratando com gângsteres. Ariadne escrevera que tinha nove vidas, como o gato. Dessa vez estava deixando uma séria denúncia como testamento. Aquela, portanto, seria a sua última morte, a sua morte definitiva. O menor descuido a precipitaria.

— Quando é que você vem pra cá, cara? — perguntou o Dubin.

— Quando chegar a hora. Não agora, não agora.

E como revelar aos outros a nossa missão se eu ainda não sabia qual era?

A palestra do professor atraíra pouco público, mas os membros do Clube dos Poetas tinham gostado e convidado o professor a fazer outra, com o tema que quisesse. O professor escolhera "O neoplatonismo em Dostoiévski e Machado de Assis". Suas teses faziam sucesso no bar ao lado do hotel, onde só pedia que não se aglomerassem à sua volta. Dubin o provocava:

— Professor, e sua teoria de que a sífilis explica toda a obra do Shakespeare?

O professor esfregava o rosto com as duas mãos e começava:

— Todo o mundo sabe que...

Dubin também fazia sucesso com os jovens amigos da Paula. E com o pai da Paula, que atribuía às suas conversas com Dubin sobre Stálin o renascer da sua fé revolucionária. Mas Dubin continuava seu trabalho de espionagem. Descobrira o local da casa em que Ariadne tinha se criado e onde agora havia um edifício de oito andares — erguido pelos irmãos Martelli, que também tinham uma construtora — e cujo nome era...

— Adivinha.
— Ariadne.
— Acertou.
Mas tinha uma coisa. Ninguém se lembrava de um ipê-amarelo na frente da casa.

Dubin tentaria falar com Ariadne na igreja, no domingo, confiando que o sermão do padre Bruno faria a sogra dormir outra vez. Ariadne talvez tivesse uma sugestão sobre o lugar onde ela e eu poderíamos nos encontrar. E aí eu seria obrigado a ir a Frondosa.
— Vamos ver.
Até hoje não sei explicar por que a perspectiva de estar face a face com Ariadne provocava aquela sensação, ao mesmo tempo de pânico e cálida antecipação, com epicentro no meu estômago. Eu não sabia o que iria fazer em Frondosa, só sabia que, fosse o que fosse, definiria a minha vida. Ou talvez a sensação de calor na boca do estômago fosse comum a todos que se aproximam da boca de um labirinto. Deve haver uma palavra em alemão para o medo de desaparecer para sempre.

A carta que acompanhava o manuscrito que chegou naquela semana, com o quinto capítulo, era assinada por Ariadne. A ficção da "Amiga" que mandava os manuscritos sem a autora saber estava definitivamente abandonada. Não havia mais dúvida, era a própria Ariadne quem dava os manuscritos para o irmão copiar e mandar. Na carta ela dizia que, se apesar do seu pedido eu fosse a Frondosa, era importante que ninguém ficasse sabendo da minha ida e da possibilidade da publicação do livro. Ninguém sabia que o livro estava sendo escrito. "O livro não está pronto e eu preferia que o sr. não viesse mas se vier peço muita muita discrição. Ariadne." A falta de vírgulas e o "discreção" autenticavam a carta. E o quinto capítulo era sobre a morte e o sepultamento do Amante Secreto.

"Estou pronta para a enormidade", escrevera Ariadne. Outra das suas frases obscuras. Deduzi que ela estava pronta para o desfecho violento do drama que vivia, para a vingança e para o suicídio. Outra frase: "Como eu gostaria de acreditar na ternura — a face da esfinge suavizada pelas velas pondo em mim seu olhar sereno". A quem ela se referia? À mãe, talvez. À vontade de ver a mãe como uma esfinge instalada no chão da velha casa, olhando seus dois filhos entrelaçados entre as velas acesas. E perdoando-os, amando-os. Quem entende de incesto mais do que as esfinges, essas antigas testemunhas das fraquezas humanas? Pode-se esperar mais compreensão de uma esfinge do que de uma lua distante e má. Seria isso? Mas que diabo fazia uma esfinge no meio daquele texto?

Nenhum tipo de ternura ou perdão esperava os dois amantes. O desenlace cruel viria com rapidez. Um dia ele, o marido, fora examinar o interior da casa que iria demolir e encontrara o Amante Secreto. "Não se importou com sua presença ali", escrevera Ariadne. "Sabia que era um garoto mimado que nunca trabalhara na vida e cujo comportamento sempre fora estranho. Não usava uma argola no nariz e não fora ao casamento todo de preto de luto ninguém sabia por quê? Era o que ele chamava de 'um dos poetas' aquelas pessoas que vivem em outro mundo nada contribuem para a sociedade mas são inofensivas e às vezes até divertidas. Também chamava o meu pai assim 'um dos poetas do mundo' que precisam ser protegidos da sua própria inocência. Ele avisou o Amante Secreto que a demolição começaria em breve e que era melhor começar a desocupar aquele seu nicho e levar dali o seu lençol amarrotado as velas e o resto da sua tralha. Como o caderno que pegou do chão e começou a folhear o diário manuscrito dos nossos encontros que o Amante Secreto intitulara 'A casa do ipê-amarelo — A volta'. O Amante Secreto tentou arrancar o diário das suas mãos mas ele o repeliu e continuou a leitura e seu rosto foi se transformando lentamente em etapas: curiosidade espanto perplexidade raiva à medida que entendia o que lia." Ele saíra abruptamente levando o diário e mandara o Amante Secreto ficar onde estava. Quando Ariadne chegara no começo da noite, estranhando que as velas não estivessem acesas para recebê-la, encontrara o Amante Secreto sentado no chão com os braços pendentes ao lado do corpo como asas desabadas, um anjo abatido. "Ele me contou o que tinha havido e eu disse 'Fuja!', mas ele sacudiu a cabeça. Ficaria. Que acontecesse o que tinha que acontecer. 'Nada tem que acontecer!', eu gritei. 'Fuja da cidade!' Não. Ele não fugiria. Ficaria ali esperando o que tinha que acontecer, o que estava nas estrelas. Tentaria explicar que o que escrevera era o diário de uma obsessão irrealizada que nada daquilo era verdade. Que ele era 'um dos poetas' e que tudo no diário era imaginado. Mas sabia que não adiantaria e que iriam matá-lo. Eu é que não deveria estar ali quando viessem buscá-lo. Eu é que deveria fugir. Mas não fugi."

Quando o marido chegou acompanhado de dois homens para levar o Amante Secreto, nem olhou para Ariadne. Não disse nada. O Amante Secreto começou a dizer que o diário era uma ficção, coisa de poeta, mas o marido encostou um dedo nos seus lábios pedindo silêncio, num gesto quase carinhoso. Ariadne perguntou o que iam fazer com o Amante Secreto e não teve resposta. Saíram e a deixaram sozinha no silêncio do grande salão vazio, em meio aos tocos de vela apagados. Voltou para casa. O marido estava lá. "Jantamos juntos em silêncio. Depois do jantar o irmão dele chegou e disse que estava tudo arranjado. A colocação do cimento seria antecipada para aquela noite e o corpo estaria ocultado para sempre. Falavam como se eu não estivesse ali. Ele sabia que eu voltaria para casa. Sabia que eu ouviria o que fariam com o corpo do meu amante sem dizer nada. Sabia que eu aceitaria a frase dele 'Você é doente' a única coisa que me disse naquela noite e que aceitaria viver silenciada e vigiada até a morte para purgar a minha culpa. Só não sabia que minha última morte viria depressa e que eu deixaria este testamento contando tudo. Para purgar a nós todos."

Ela já contou tudo, pensei. O que sobra para ser contado? O resto do livro só pode ser de reminiscências da sua infância. A casa do ipê-amarelo parte um. Ou sua vida de reclusa desde a morte do amante, cercada por seguranças e cães assassinos, sedada na maior parte do tempo, mas tecendo o fio da sua vingança. Talvez o livro só precisasse daqueles cinco capítulos. "O livro não está pronto", ela dissera na carta, mas o que faltava para ficar pronto? Caberia a mim, como editor, sugerir maneiras de alongá-lo, se fosse o caso, além de colocar as vírgulas. Incluir os anos da sua adolescência em Frondosa, os bailes no clube, a vida numa daquelas pequenas aristocracias interioranas que o Dubin, com afetuoso desdém metropolitano, chamava de "nossas províncias insanas". As viagens à Europa, o casamento. Tudo convergindo para o final dramático, o caso com o Amante Secreto e seu fim, a revelação — ou não, dependeria dela — de que o amante, o anjo, a criança dourada, era seu irmão e a denúncia dos seus carrascos. E o suicídio. Meu Deus, eu esquecera o suicídio. Os cinco capítulos eram breves porque eram o bilhete de uma suicida. Morrer é uma arte como qualquer outra, e um bilhete de suicida sem o suicídio é um prólogo sem livro, um exemplo extremo de literatura imprestável. Mero halterofilismo mental, que é como o professor Fortuna descreve toda a literatura moderna. O livro só ficaria "pronto" com o suicídio. Se eu não a salvasse antes.

É agora, decidi. Anunciei no bar do Espanhol que eu também iria a Frondosa. Só precisava convencer a Julinha a ficar cuidando do Black. Fulvio Edmar, coitado do Fulvio, que, se tivesse conferido seu próprio futuro nas estrelas, hoje estaria vivo, declarou que iria comigo. Pegaria cem exemplares da nova tiragem de *Astrologia e amor* na gráfica e levaria para vender, autografados, em Frondosa, onde tinha muitas fãs. Marcito concordou com minha ida e adiantou parte do meu salário, fazendo uma cara de dor. Tavinho lamentou não poder ir conosco, mas ajudou a preparar nossa legenda, dando-nos uma aula de futebol de salão e da sua importância no interior do estado. Pois chegaríamos a Frondosa disfarçados de olheiros, vindos da capital para assistir à final do campeonato regional e avaliar jogadores. A Operação Teseu estaria em Frondosa com sua força máxima, para o que desse e viesse. Depois de tanto hesitar, eu também estava pronto para a enormidade.

11.

Nada como um ônibus noturno para organizar o pensamento. Nada como uma noite insone para pensar no passado e imaginar o futuro, zunindo sobre o asfalto como se a estrada fosse um caminho decidido. Mas para onde? Frondosa para tratar de um livro ou Naxos para salvar uma vida? Eu era um improvável Dionísio em missão de resgate ou um mero intruso no labirinto alheio, um camaleão negando sua natureza e querendo aparecer? Ariadne escrevera que toda a sua vida fora regida pela obsessão dos outros — a obsessão de um pintor que não conhecera por uma figura mítica, a obsessão de uma mãe ameaçada pela sua juventude e beleza, a obsessão de um amante proibido, a obsessão de um marido vingativo que a segregara do mundo. Eu seria mais um obcecado a se meter em sua vida. Mas ela me chamara. Estendera o fio que me levaria até ela para editá-la ou socorrê-la, e me botara naquele ônibus e naquela estrada. Se a estrada levava a Frondosa ou a Naxos, eu só saberia na chegada. Como minha obsessão afetaria o destino de Ariadne eu não sabia. Como minha obsessão editaria meu próprio destino eu também não sabia. O importante era aquela sensação nova, a de que minha vida estava finalmente indo para algum lugar. Parecida com o que, dizem, sente o prisioneiro de um labirinto antes de dar de cara com outra parede.

"Está tudo nas estrelas", disse o Fulvio Edmar, sentado ao meu lado no ônibus, tentando me convencer da seriedade do seu horóscopo para amantes. Os astros determinam o comportamento humano, o comportamento humano se define na relação com o outro, o amor e o sexo são as formas mais extremas de relacionamento com o outro, portanto o Universo deve ser lido como um imenso conselheiro sentimental, uma imensa agência de encontros, que era o que seu livro fazia. Sabendo o meu signo, Libra, ele só precisaria saber o signo de Ariadne para dizer como nossos destinos se entrelaçariam e o que me esperava no fim da estrada. Libra era o que ele chamava de um "signo multicompatível", aberto para todos os tipos de conjunção, de B a Z. Eu não tinha com o que me preocupar. Só haveria problemas se Ariadne fosse de Áries ou de Aquário. Que tipo de problemas? Ele não respondeu. Hesitou por um instante, depois disse apenas:
— Cuidado.

Zunindo pela estrada. Eu na janela. Fulvio Edmar e seu Universo utilitário à minha esquerda, a noite com sua confusão de estrelas reais à minha direita. Tínhamos embarcado com nossas respectivas sacolas, a minha com as cinco pastas de originais da Ariadne, além de roupa e artigos para banheiro — inclusive sabonete, que, segundo nos avisara Dubin, o hotel de Frondosa não fornecia —, e a do Fúlvio com os cem livros recém-saídos da gráfica que levava para vender e autografar. Apesar do seu volume, Fulvio não deixara colocarem a sacola com os livros no bagageiro do ônibus. Preferia vê-la junto com a minha, ocupando vários espaços no porta-malas acima das nossas cabeças. A carga preciosa de cada um perto dos olhos. Depois de dissertar longamente sobre a seriedade científica do seu trabalho e seus planos para outros livros, como *Astrologia e a Bolsa — Um guia sideral para aplicadores*, Fulvio dormiu. Fiquei olhando a noite estrelada. A mesma noite que Ariadne via através do teto destelhado da casa do ipê-amarelo e descrevera como um papel-carbono perfurado cujos furos deixavam passar a luz branca "como osso como a morte que tem por trás de tudo". A luz branca por trás de tudo, até da noite. A luz da eternidade, cor de osso, do que nunca muda. A luz do mistério que nos cerca e só vislumbramos no furo das estrelas. Pensei no rosto de Ariadne na sua foto de debutante, o único rosto dela que eu teria até encontrá-la face a face no fim da estrada, dez anos depois. Seu sorriso triste, um sorriso mais velho do que ela. O sorriso da Lua se a Lua sorrisse, dissera seu Amante Secreto. Ela já saberia então da luz branca por trás de tudo, da morte à espreita de todos, inclusive belas debutantes de ombros nus? Já seria então uma escritora, à espera apenas de mais dez anos de vida regida pela obsessão dos outros e de um editor apaixonado para guiar sua mão e ajudá-la a escrever sua história? Ou já seria uma suicida só esperando o pretexto?

Zunindo pela estrada, eu ainda ruminava o quinto capítulo da sua história em estado bruto, sem polimento e sem vírgulas. O capítulo da esfinge incongruente e do Amante Secreto sepultado em cimento. O Amante Secreto também sucumbira ao bendito ímpeto de escrever, o que fora a sua ruína. A estranha compulsão fizera mais uma vítima. O professor Fortuna diz que em vez de endeusar escritores deveríamos louvar os milhões que resistem e não escrevem, e cuja grande contribuição à literatura universal são as folhas que deixam em branco.

Tavinho me mostrara um álbum de pinturas do De Chirico que encontrara em casa. Ariadne tinha razão, De Chirico pintava a solidão.

Nos seus quadros Naxos era uma grande praça vazia ladeada por arcadas que fugiam para o horizonte, enfatizando sua desolação, e Ariadne, abandonada por Teseu depois de salvá-lo do labirinto, era uma escultura no centro da praça. Não apenas uma imagem de abandono, um monumento ao abandono. A solidão feito pedra. A Ariadne de De Chirico não tinha salvação, a não ser que a mágica de um Dionísio obcecado em salvá-la a libertasse da pedra. A escultura era de Ariadne depois do suicídio, uma Ariadne irresgatável. O que faria eu em Naxos, sem nenhum truque na sacola?

Fulvio perguntara se eu sabia que a constelação Corona Borealis representava a coroa que Dionísio dera a Ariadne, e que atirara para o céu quando ela morrera. Eu não sabia. Eu não poderia imitá-lo. Era, decididamente, um Dionísio sem recursos.

Devo ter dormido e sonhado, ou delirado, quando começou a amanhecer, pois o ônibus chegou ao seu destino duas vezes. Na primeira vez Ariadne estava me esperando numa estranha rodoviária arcada, vestindo o tomara que caia branco do seu baile de debutante, e me recebeu com um sorriso e os braços abertos. E era ao mesmo tempo a Ariadne da fotografia dez anos mais velha e a Julinha treze anos mais moça, pronta para me perdoar. Abracei as duas, emocionado. Na segunda vez, quando me dei conta, o ônibus estava parado e Fulvio se esforçava para liberar seu pesado saco de livros do porta-malas. Ninguém nos esperava na rodoviária.

No táxi para o hotel fizemos questão de só falar de futsal, para começarmos a estabelecer nossa legenda. O motorista concordou: estava todo mundo em polvorosa com a aproximação do jogo decisivo. Não se falava em outra coisa na cidade. Eu quis mostrar como estava bem informado:

— Ouvi dizer que esse Maisena está arrebentando.
— Maisena? O senhor quer dizer Mandioca.
— Mandioca, claro.

O motorista me olhou desconfiado. Depois disse:
— Tudo depende dele.

E depois:
— Vocês vão ficar para o jogo?
— Viemos aqui para isso.

O motorista nos largou no hotel. A praça, deserta naquela hora da manhã, lembrava De Chirico na sua desolação e nas suas sombras compridas. Lá estava o grande círculo de cimento, como um pedestal esperando uma escultura que o redimisse. Dubin dizia que o que há de mais bonito nas pequenas cidades do interior como Santa Edwige dos Aflitos é a feiura. Ele tem razão. A feiura de Frondosa era comovente. Mas senti outra coisa, uma coisa mágica, olhando aquela praça vazia. Me senti fora do mundo. A estrada me trouxera para mais longe de mim mesmo do que eu imaginara. Lembrei-me do que Dubin dissera sobre sua primeira impressão de Frondosa. Aquele era um lugar em que se perdia a alma ou se virava santo. Ou deus, pensei. Ou deus. Cheguei a passar a mão no rosto para saber se minhas feições continuavam as mesmas. Uma coisa era certa: eu não sairia de Frondosa o mesmo homem que chegara.

Depois de nos largar no hotel o motorista circundou a praça até a prefeitura, onde seu cunhado era o vigia da noite, e deixou um recado para o prefeito Fabrizio Martelli. Os homens que vinham subornar o Mandioca haviam chegado no noturno de Porto Alegre. Ele tinha certeza disso. Desconfiara das sacolas, obviamente com dinheiro grosso dentro, das quais os dois não se separavam, recusando-se a botá-las na mala do táxi. Mas imagino que desconfiara principalmente da tentativa de um deles de disfarçar a intenção da dupla, errando deliberadamente o nome do Mandioca. Quando Fulvio e eu saímos do hotel ao meio-dia, já estávamos sendo seguidos. Mas isso eu só fiquei sabendo no fim da história.

12.

Andar com o pequeno Dubin pelas ruas de Frondosa era andar com uma celebridade. Nossa caminhada pelo calçadão da Voluntários da Pátria em direção à galeteria do Uruguaio, onde Dubin almoçava de graça todos os dias, foi interrompida várias vezes por pessoas querendo apertar sua mão e, no caso das mulheres, beijá-lo. Como Dubin ficara tão popular em tão pouco tempo na cidade?

— Charme. Magnetismo animal. Sei lá.

Na galeteria ele foi saudado com festa. Abraçou uma senhora gorda que saíra de trás do balcão para recebê-lo e a apresentou como "Assunta, a mulher da minha vida". Assunta deu um grito de prazer.

— Ela diz que não pode casar comigo porque já é casada e tem netos. Livre-se desses preconceitos burgueses, mulher!

Outro grito da Assunta.

O restaurante era todo verde e amarelo, com retratos de jogadores da seleção brasileira de 1950 nas paredes. Ocupamos uma mesa comprida no fundo, longe das outras para poder conspirar, sob grandes fotografias do Danilo, do Ademir e do Juvenal. Dubin, eu, o professor Fortuna e Fulvio. O almoço seria o mesmo para todos, começando com sopa de cappelletti e incluindo vários tipos de massa, carne, arroz e saladas verde e de batata, além do galeto. Dubin avisou que cerveja ou outra bebida alcoólica era à parte. Pedi uma água mineral. O professor Fortuna sentara-se numa ponta da mesa, afastado de nós, apesar de alertado de que precisaríamos falar baixo. Afinal, estávamos reunidos para acertar os próximos passos da Operação Teseu. Primeira decisão a tomar: revelar a verdadeira razão de estarmos ali e incluir pessoas da cidade na Operação, ou não? Dubin achava que Paula e seu pai poderiam ser aliados valiosos. Lúcio Flávio também nos ajudaria. E era evidente que Ariosto Galotto tinha que saber o que nos levara a Frondosa. Concordei apenas com a última parte. Tentaria falar com o irmão da Ariadne, se conseguisse pegá-lo sóbrio. O importante era: como chegar até Ariadne? Dubin levantou um dedo.

— Pergunta.

— Fala.

— E fazer o quê, quando chegarmos?

— Conversar com ela sobre o livro — respondi.

— Perguntar se ela está mesmo disposta a publicá-lo e oferecer ajuda.

— Um livro em que ela acusa o marido de ter matado o amante?

— Podemos publicá-lo como romance, como ficção. Ela não cita nomes. O único nome que aparece é o dela. E esse pode ser mudado.

— Mas foi ela quem botou o título "Ariadne" e escreve na primeira pessoa. Ela quer ser identificada.

— Quer e não quer. Quer revelar a verdade e se vingar e ao mesmo tempo não quer que saibam que está escrevendo o livro.

O professor estava folheando os manuscritos da Ariadne que eu trouxera na sacola. Nem ele, nem o Dubin tinham lido os últimos capítulos. Até ali o professor não dissera nada. Quando falou, nos surpreendeu. Ele, que nunca duvidara que a história de Ariadne era fictícia, mudara de opinião.

— Mesmo disfarçada, toda a cidade vai saber que a história é verdadeira. A Ariadne só tem uma saída.

— Qual?

— Cumprir a promessa. Se suicidar. Assim ela se livra das consequências e a editora fica com um belo livro para publicar postumamente. Felicidade geral.

O professor falava sério. O professor nunca ri.

— Há outra saída... — comecei. Todos me olharam.

— Levá-la de Frondosa — completei.

Todos ficaram em silêncio, paralisados. O Fulvio Edmar com uma perna de galeto a meio caminho da boca. Depois de alguns segundos, Dubin falou:

— Levá-la? Você quer dizer raptá-la?

— É melhor do que suicídio.

Fosse o que fosse o que faríamos com Ariadne, a questão era como chegar até ela. Sugeri que pedíssemos ajuda ao Ariosto Galotto. Ele almoçava com a irmã todas as quintas-feiras. Poderia levar um de nós ao próximo almoço. Um convidado seu não seria barrado na casa dos Martelli. Ou seria? Não sabíamos se ele e a irmã comiam sozinhos ou se a sogra sombria ou o próprio Franco também participavam dos almoços. Em último caso Ariosto poderia levar um bilhete meu para Ariadne, marcando um encontro. Se conseguia sair e entrar na casa carregando os manuscritos da irmã e as minhas respostas para ela escondidos, conseguiria portar um bilhete furtivo sem ser flagrado. Mas era perigoso. Os Martelli já tinham matado um irmão de Ariadne, nada os impedia de matar o outro. Dubin não gostou do plano. Disse que Ariosto Galotto não era confiável. Tentava manter-se sóbrio para os almoços de quinta-feira, mas era uma sobriedade efêmera, não durava até o fim da tarde. Já a presença de Fulvio Edmar em Frondosa, para Dubin, era providencial. Poderíamos usá-lo para chegar a Ariadne, uma das suas muitas leitoras na cidade. Fulvio não pretendia fazer uma sessão de autógrafos para vender seus livros? Seria fácil fazê-la na Fotos Mazaretto. A *Folha da Frondosa* a promoveria e o Uruguaio pagaria pelas bebidas e os canapés. Ariadne certamente iria aos autógrafos, sob a guarda da sogra escura. Haveria uma multidão, e ele, Dubin, se encarregaria de distrair a velha com seu charme infalível enquanto eu conversasse com Ariadne. Fizemos uma votação e o plano do Dubin ganhou. Dois a favor, eu contra. O professor, entretido com sua salada verde, se absteve.

Assunta veio à nossa mesa saber se o Dubin estava sendo bem tratado. Dubin a enlaçou pela cintura e disse:
— Só falta você sentar no meu colo.
Assunta explodiu de novo.

Quando voltamos ao hotel, a recepcionista perguntou se por acaso um de nós se chamava Agomar. Quase levantei a mão, mas me lembrei que assinara o registro com meu nome verdadeiro. Por que ela queria saber?
— Telefonou alguém querendo falar com Agomar.

Dubin dera um cartão do hotel a Ariadne com o nome "Agomar" escrito no verso. Perguntei:
— Era homem ou mulher?
— Homem.

No bar ao lado do hotel Ariosto Galotto já estava bêbado, mas ainda inteligível. Dubin nos apresentou. Fui direto ao assunto:
— É para mim que o senhor manda os envelopes brancos com o livro da sua irmã.
Ele ficou me olhando com um meio-sorriso nos lábios, apoiado num taco de sinuca que segurava com as duas mãos entrelaçadas. Finalmente disse apenas:
— Ah.
— O senhor lê o que ela escreve?
Ele fez um gesto com a mão para rechaçar a pergunta.
— Não, não. Às vezes. Guardo os originais. As cópias vão para o senhor. Às vezes leio o que ela escreveu.
— E o que ela escreve é verdade?
Seu meio-sorriso virou um sorriso inteiro e ele perguntou:
— O senhor joga sinuca?
— É verdade? — insisti.
Ele encostou as pontas dos dedos de uma mão no meu peito e me empurrou levemente.
— Com licença? É a minha vez.
— O senhor sabe que fim levou seu irmão?
— O Augusto? Pois é, nos deixou.
— E o senhor sabe como...
Mas ele tinha se inclinado sobre a mesa de sinuca para jogar. Depois da tacada dirigiu-se ao bar, onde deixara seu copo de conhaque pela metade. Não me deu mais atenção.

As cadeiras postas na calçada em frente ao hotel para os hóspedes estavam todas ocupadas. Depois do almoço na galeteria Fulvio ficara na Fotos Mazaretto, onde Dubin o apresentara ao dono, o velho Mazaretto, para tratarem da sessão de autógrafos. O professor desaparecera. Dubin avistou alguém atravessando a praça e chamou: "Rico!". Dubin tinha razão, apertar a mão do Rico era mesmo como apertar a mão de um morto. O afundamento em sua têmpora era maior do que eu imaginara. E ele era mais moço do que eu esperava. Estatura média, um corpo esguio. Contou que estava indo até o outro hotel da cidade, o mais moderno, onde o Mandioca ficaria de quarentena preventiva até a hora do jogo. Fizera amizade com Mandioca na casa da Loló e faria companhia ao jogador, que sofria muito com o confinamento. Levava um baralho.

Dubin me levou para ver o edifício "Ariadne", construído no local, perto da praça, onde ficava a casa dos Galotto. No caminho, perguntou:
— A ideia de raptar a Ariadne é séria?
— Se nós estamos aqui para salvá-la, é.
— Raptar e levar pra onde?
— Não sei.
Para a minha casa, pensei. Onde terminaremos de escrever o seu livro, que será um sucesso e compensará toda a minha vida de frustrado em letras. E onde seremos felizes para sempre, como deuses. Serei seu editor e seu amante exemplar. Editor e escritora também é uma forma de incesto. Só o que ela precisará fazer é se adaptar à pobreza de um Dionísio sem meios e sem mágicas. Viveremos de literatura, amor e tele-entregas. Se algum dia eu atirar alguma coisa para virar constelação no céu, será uma fôrma de pizza. Ima-

ginei a Ariadne rindo dessa frase como a Julinha costumava rir das minhas frases quando começamos a namorar.

— Por que você acha que o Ariosto Galotto não quis falar sobre o livro da Ariadne e o desaparecimento do irmão? — perguntei.

— Ele também está com medo. Deve depender do dinheiro dos Martelli.

— Mas ele está ajudando a irmã a publicar o livro.

— Talvez não esperasse ver você aqui. Não sabia o que dizer.

— Ele só disse que o irmão "nos deixou". Você só diria isso de um irmão assassinado?

— Não posso responder a essa pergunta. Sou filho único.

Pela largura do edifício dava para imaginar o tamanho da casa demolida. Que aspecto teria a casa? Ariadne descrevera as lajes da escadaria da frente, o grande salão, o jardim de pedra... Ali Ariadne vivera a infância e a adolescência e seu grande amor proibido. O edifício era uma enorme lápide posta pelos Martelli em cima do que pensavam que estava enterrado. Não contavam com as nove vidas de Ariadne. Nem com a compulsão universal de escrever.

— Você disse que ninguém se lembra de um ipê-amarelo na frente da casa?

— Foi o que me disseram. Nunca houve um ipê-amarelo.

No fim daquela tarde, sentado na frente do hotel, vi o Rico cruzar a praça na direção do cemitério com o rosto tapado por uma máscara preta. Ia para a casa da Loló. A passagem do mascarado pela praça não despertava mais o menor interesse. Um nativo que prestasse atenção talvez estranhasse a mudança no seu trajeto habitual: em vez de passar na frente da casa da ex-namorada, para que ela soubesse para onde ele estava indo, Rico tomara o rumo do cemitério sem desvios. Mas ninguém notou. E aparentemente só eu desconfiei que aquela figura esguia não era a que eu conhecera mais cedo. Não era o Rico. O jeito de andar era diferente. O jeito de andar parecia o de um jogador de futebol.

13.

Na sua coluna da *Folha da Frondosa* Lúcio Flávio comentou a "ebulição cultural" trazida à cidade por visitantes da capital. O conhecido astrólogo Fulvio Edmar, autor do best-seller *Astrologia e amor*, estaria autografando seu livro na Fotos Mazaretto, onde no dia seguinte o consagrado professor Fortuna daria uma palestra sobre o neoplatonismo nas obras de Dostoiévski e Machado de Assis. Frondosa, cujo "panorama intelectual" desde que o cineteatro Ideal fora vendido a uma seita evangélica ele descrevia como "um Saara sem oásis" — ou, mais precisamente, "uma praça sem árvores", já que nada simbolizava a aridez mental da cidade melhor do que aquele grande pedestal vazio de cimento no meio da praça, aquele monumento a nada —, voltava a ter vida inteligente. Pelo menos por alguns dias a população local teria algo mais em que pensar além do futsal.

Naquele domingo, Dubin tentaria um novo contato com Ariadne depois da missa das dez para avisar que Agomar estava na cidade, pronto para encontrá-la. Sabia que estava enfrentando dois sérios riscos: o de ser finalmente corrido de perto da Ariadne pela sua sogra sinistra ou o de se converter ao cristianismo, mas estava disposto a fazer o sacrifício. Também estávamos apostando que Ariadne não faltaria à sessão de autógrafos de Fulvio Edmar. Afinal, fora por causa dele que ela escolhera nossa editora para publicar seu livro. Comprovara-se que Fulvio Edmar tinha um público grande em Frondosa. No dia em que Lúcio Flávio anunciou a sessão de autógrafos o jornal recebeu dezenas de telefonemas de pessoas querendo saber detalhes como o horário do evento. Já a nova palestra do professor Fortuna no Clube dos Poetas despertou pouco interesse. Segundo o professor, na maioria das pessoas a curiosidade intelectual bate pelos tornozelos. Ele estava pensando em inserir no tema alguma coisa do que aprendera na Índia durante o seu semestre de aprendizagem sexual por imersão, argumentando que tanto Dostoiévski quanto Machado de Assis tinham inclinações tântricas. Tentávamos convencê-lo de que não era uma boa ideia.

Paula nos contou que a igreja matriz costuma encher aos sábados à tarde, que é quando o padre Bruno ouve confissões. A maioria não vai para se confessar, vai para ouvir as confissões dos outros. Como padre Bruno é surdo, os fiéis são obrigados a gritar seus pecados, e não é raro um murmúrio percorrer a plateia quando um pecado surpreendente emana do confessionário, depois de um "Hein?" do padre Bruno.

— Tive pensamentos impuros com o Arlindo, padre.
— Hein?
— Tive pensamentos impuros com o Arlindo!
— Quem?

O Lúcio Flávio mantém uma informante de plantão na igreja durante as confissões. Ela senta perto do confessionário e faz anotações, compilando os pecados dos fiéis da cidade. Lúcio Flávio nos assegurou que as confissões de Ariadne eram como as de uma criança. Nenhum pecado maior. Nem em pensamento.

Paula começava a desconfiar daquele interesse intenso por Ariadne. O do Dubin ela compreendia, era para a sua pesquisa sociológica. Mas qual a minha razão para querer saber tanto sobre ela? Por que estávamos espalhando aquelas iscas para tentar atraí-la do casarão onde o monstro a mantinha confinada? O que, exatamente, eu precisava dizer a Ariadne? Quem era eu, afinal? Paula — que o Dubin chamava de "Paola", para não desperdiçar o acento criado para Nick Stradivarius — achava aquilo muito estranho. E isso que ela não sabia o tamanho da minha obsessão. Não sabia que eu sonhava com a Ariadne de vestido branco.

Fomos almoçar na galeteria do Uruguaio com a Paula. A galeteria estava fechada. Uma nota presa na porta explicava a razão: o Uruguaio tinha morrido naquela manhã! Diamantino Reis estava sendo velado em sua casa, que — para a surpresa geral — era uma pequena construção de madeira, longe do centro. O Uruguaio gastava todo o seu dinheiro ajudando os outros para se redimir da culpa por ter apostado contra o Brasil em 1950 e vivia modestamente. Dubin se sentiu obrigado a comparecer ao velório do seu benfeitor. Fomos com ele no carro da Paula, cujo pai, Afonso, já estava lá quando chegamos, perfilado ao lado do caixão. Em seguida apareceu a Loló, dona do bordel, uma mulher baixa, quase anã. Cheguei a pensar que ela tinha

riscado o rosto com um lápis preto até descobrir que os riscos eram do rímel dissolvido pelas lágrimas que lhe escorriam pelas faces. A viúva do Uruguaio recebia os pêsames com uma cara impassível de índia. Ninguém sabia muita coisa sobre a vida particular do Uruguaio. Aparentemente, não tinha filhos. A julgar pela casa em que morava e pela pobreza do caixão, a herança fabulosa que, como se especulava, deixaria para obras de caridade da cidade não existia. Loló ficou na ponta dos pés para beijar o rosto do morto, mas não o alcançou. Dubin e eu tivemos que levantá-la do chão, cada um segurando um braço. Ela não nos agradeceu. Afonso tocou o meu braço, apontou para o morto com o queixo e disse: "Engels".
— O quê?
— Engels.
Só muito depois entendi. Se referia a Friedrich Engels, o industrial rico que sustentava Marx enquanto este escrevia seus tratados explosivos. O Uruguaio era Engels. Seu dinheiro mantinha a *Folha da Frondosa*, em que Afonso publicava os editoriais marxistas que ninguém entendia. Afonso talvez ainda não tivesse se dado conta de que, sem o seu Engels, o jornal estava acabado.

Nem na morte o Uruguaio escapou do ressentimento antigo de Frondosa. Pouca gente foi ao velório ou acompanhou o enterro. E depois do caixão fechado, surgiu misteriosamente, sobre a tampa, uma bandeira do Uruguai.

No fim daquela tarde, Dubin e eu estávamos sentados lado a lado em cadeiras na calçada em frente ao hotel. Depois de um longo silêncio, Dubin, com a cabeça atirada para trás e os olhos fechados, disse:

— Isso é uma brincadeira, não é?
— Como, brincadeira?
— Esta cidade. Nós aqui. Nada disso é verdade, é? Nada é real.
— É surreal. É pós-De Chirico.
— Não. Eu quero dizer... tudo. Eu e a Paula. O falso uruguaio naquele caixão. Nós levantando a Loló do chão pelas suas axilas perfumadas. O que você quer fazer com a Ariadne, por exemplo.
— Quero fazer um livro.
— Não. Você quer mais do que isso. E a Ariadne não é de verdade. Pelo menos não a que você tem na cabeça. Não a que você quer salvar.

Dubin ainda não lera os capítulos que Ariadne me mandara depois da vinda dele para Frondosa. Ouvira apenas o meu resumo. Não tinha uma noção exata da enormidade em que havíamos nos metido, atraídos pelo feitiço de Ariadne. Frondosa não era uma Santa Edwige dos Aflitos, e Ariadne não era uma interiorana nos encantando com sua ficção ingênua, mesmo que escrevesse seu nome com uma florzinha em cima do "i". Em Frondosa se morria de verdade.

Hoje me lembro daquela conversa com o Dubin como a última oportunidade de escapar do final que as estrelas nos tinham preparado. Talvez nem o Dubin soubesse que estava oferecendo uma saída para minha obsessão, um outro final para essa história, um final em que ninguém morria e mantínhamos nossa inocência. Eu ia começar a dizer que sentia que toda a minha vida real fora apenas um prólogo para a surreal Frondosa quando chegou um dos companheiros de sinuca do Ariosto Galotto com a novidade, que anunciou ainda na calçada, antes de entrar no bar:
— O Mandioca fugiu do hotel!

Tinham estranhado a ausência do Mandioca no café da manhã do hotel. Depois que o Rico o deixara na tarde do dia anterior, já mascarado, para ir à casa da Loló, ninguém mais tinha visto ou ouvido o Mandioca. O gerente do hotel entrara no seu quarto, vira um volume sob as cobertas da cama e deduzira que o jogador decidira dormir até mais tarde. Mas como no fim da tarde ele continuasse sob as cobertas, o gerente ficara preocupado. Sacudira o Mandioca — e descobrira que quem estava na cama não era o Mandioca, era o Rico! O Mandioca pegara emprestada a máscara do Rico para sair do hotel sem ser identificado e se dirigira à casa da Loló. Para onde, naquele momento, se deslocavam os irmãos Martelli e sua tropa de seguranças. Depois se ficou sabendo que a preocupação maior dos irmãos era saber se na casa da Loló tinha acontecido um contato entre Mandioca e os homens que haviam chegado no ônibus noturno de Porto Alegre com sacolas de dinheiro para suborná-lo.

O Dubin conseguiu sentar-se atrás da Ariadne na missa das dez. Ficou esperando que a sogra escura dormisse para falar com ela, mas dessa vez a sogra não dormiu, nem durante o sermão do padre Bruno. Dubin decidiu seguir Ariadne quando ela se levantou para ir receber a hóstia e, atrás dela na fila, disse no seu ouvido que Agomar já estava na cidade e pronto para conversar. Depois ele mesmo recebeu a hóstia do padre Bruno e jurou que quando voltava para o seu lugar ouviu um coro, a voz da sua mãe e a de mil antepassados gritando: "O que esse menino tem na boca?!".

Eu fiquei do lado de fora da igreja, esperando a saída da missa e a minha primeira visão da Ariadne em pessoa. E a vi. Mas o seu rosto ainda era difuso, como no meu sonho. Pensei em me aproximar para vê-la mais de perto. Talvez nossos olhares se encontrassem, talvez ela me reconhecesse. Dionísio, o que viera buscá-la. O que viera libertá-la da estátua e levá-la para longe de Naxos. Seu salvador. Seu editor. Mas ela e a sogra escura já se afastavam da igreja na direção de um carro que as esperava com as portas abertas. A Paula saíra da igreja às gargalhadas. Não acreditara quando vira o Dubin levantar-se e entrar na fila da comunhão. Aquele baixinho era doido mesmo! Por isso ela o amava.

O Mandioca estava de volta no seu quarto do hotel, com a guarda reforçada. No começo da noite Rico, cercado por uma multidão no calçadão da Voluntários da Pátria, dava explicações sobre o seu gesto. Fizera aquilo para ajudar o time, já que o Mandioca precisava de sexo, muito sexo, para jogar bem. Era científico, tinha a ver com o correto equilíbrio dos seus fluidos corporais. O plano era o Mandioca ficar na casa da Loló até o dia do jogo decisivo e o Rico ficar no seu lugar no hotel. Como o Rico faria para não ser descoberto nos três dias que antecediam o jogo? Daria um jeito. O importante era o Mandioca estar em plena forma quando entrasse na quadra. O importante era o time da Galotto trucidar o adversário.

O velho Mazaretto fora durante muitos anos o fotógrafo da cidade. Segundo a Paula, ninguém existia oficialmente em Frondosa se não fosse fotografado pelo Mazaretto fazendo a primeira comunhão, aniversariando, debutando, se formando ou casando. Era dele a foto da Ariadne debutante que eu carregava comigo, perto do coração. Mas o Mazaretto não fotografava mais. Transformara a loja em papelaria e livraria, embora os livros, principalmente religiosos ou de autoajuda, ocupassem apenas duas prateleiras num canto. Os livros trazidos pelo Fulvio Edmar estavam empilhados perto da caixa registradora. Fulvio daria autógrafos na sala dos fundos, a que Mazaretto alugava para as reuniões do Clube dos Poetas. Quando chegamos na loja, já havia uma fila esperando o autor. Na sua grande maioria, mulheres. O plano de servir salgadinhos e bebidas durante os autógrafos tinha sido abandonado com a morte do Uruguaio. O velho Mazaretto não concordara em servir nem água. Fiquei cuidando da entrada da loja, na expectativa da chegada da Ariadne, enquanto Dubin era apresentado a amigas da Paula e em pouco tempo estava no centro de um círculo estridulante de admiradoras. A certa altura ouvi-o dizer: "É, sou judeu como Jesus Cristo, mas a semelhança termina aí". O lúgubre Fulvio parecia feliz dando autógrafos, respondendo às perguntas de seus leitores e se deixando fotografar, mas notei que poucos estavam comprando a nova edição do *Astrologia e amor*. Quase todos chegavam com o livro que tinham em casa para Fulvio assinar. A fila aumentava, já tinha gente na calçada. E, de repente, ela apareceu. Ariadne. Parou por um instante, emoldurada pela porta, incerta entre voltar para a calçada e entrar na fila ou seguir em frente, depois decidindo entrar na loja e vindo, meu Deus, na minha direção. Não. Avistara Paula e Dubin, vinha na direção deles. Parecia estar sozinha. Sem a sogra negra, sem a escolta de armários. Seria possível que conseguira uma noite de liberdade? Não. Atrás dela entrou o marido. Só podia ser ele. Franco, boa cabeleira, o monstro. Que logo a alcançou e a pegou pelo cotovelo de porcelana. Aproximei-me de Paula e Dubin, para estar no grupo quando eles chegassem perto. Vi que Franco deixara o paletó aberto para que todos vissem a pistola no coldre preso ao seu cinto. Ariadne e Paula se beijaram, Franco e Paula se beijaram, Ariadne e Dubin se apertaram as mãos, Franco e Dubin se apertaram as mãos, e Dubin me apresentou a Ariadne e a Franco. Ela apertou minha mão com os olhos baixos. Ele tentou esmigalhar meus dedos e quase conseguiu. E antes que alguém dissesse qualquer outra coisa, Franco perguntou:

— Alguém aqui se chama Agomar?

14.

Franco fazia questão de que todos vissem sua arma. Havia um Agomar na cidade, querendo ele não sabia o que com sua mulher. O cartão do hotel que Dubin dera a Ariadne com o nome "Agomar" no verso fora confiscado assim que ela chegara em casa. Era isso. A sogra escura fingia que dormia, mas estava atenta a tudo. Vira Dubin entregar o cartão. Franco provavelmente batera em Ariadne para que ela contasse quem era aquele Agomar. Eu podia vê-la chorando, protestando que não sabia. "E esse Dubin, o que esse Dubin quer com você?" E minha pobre Ariadne chorando e repetindo "Não sei, não sei". Agora o monstro chegara perguntando se alguém ali se chamava Agomar. Com a mão no bolso, para que a aba do casaco afastada mostrasse sua arma. Para que o tal de Agomar soubesse o que o esperava.

Dubin e eu nos entreolhamos. Dubin me perguntou:

— O nome verdadeiro do Fulvio Edmar não é Agomar?

— Acho que é — respondi. — Fulvio Edmar é pseudônimo.

— Quem é Fulvio Edmar? — quis saber o monstro.
Foi Ariadne quem respondeu:
— É quem está autografando hoje, Franco. Este livro.
Ela mostrou seu exemplar de *Astrologia e amor*.
— É por isso que nós estamos aqui, querido — completou Ariadne, olhando em volta e pedindo com seu sorriso que perdoássemos a patetice do marido.
Todos rimos. Eu com um esforço, porque aquele "querido" me ferira. Porque Ariadne era mais linda do que eu sonhara. Porque seu sorriso, mesmo falso, me trespassara. Pensei em gritar "Agomar sou eu!", pegá-la pela mão e sair correndo pelo calçadão da Voluntários da Pátria, com Franco atrás de nós dando tiros. Mas apenas apontei para o Fulvio Edmar, que autografava seus livros tomado de uma fúria eufórica, e disse:
— Ali está o nosso artista.

Aproveitei que o velho Mazaretto puxou Franco para um lado, para saber mais sobre a fuga do Mandioca, e me aproximei de Ariadne. Entrei na sua aura perfumada para falar perto da sua orelha perfeita.
— Agomar sou eu.
Ela não entendeu. Dubin me apresentara com outro nome. Não expliquei. Não tínhamos muito tempo. Dali a pouco Franco, seu proprietário, estaria ao seu lado outra vez. Protegendo sua porcelana.
— Precisamos nos encontrar. Para tratar do livro.
— Sim.
Ela falava olhando para Franco, que agora estava cercado por um grupo, todos querendo saber do Mandioca.
— Onde pode ser? — perguntei.
— Eu amanhã vou visitar o túmulo da mamãe.
Por um alucinado momento, pensei que Ariadne esti-

vesse falando no código da cidade. Iria à casa da Loló?! Frequentava a casa da Loló?! Não. Claro que não. Ia mesmo visitar o túmulo da sua mãe.
— Que horas?
— Onze.
Às onze horas da manhã seguinte eu iria conversar com Ariadne sobre o seu livro. Ou às onze horas da manhã seguinte eu iria dizer a Ariadne que a amava e estava lá para salvá-la. Às onze horas da manhã seguinte... Mas precisávamos definir algumas coisas. Ela estaria sozinha no cemitério?
— Você vai estar... — comecei.
Mas ela dava atenção ao Franco. Que, de longe, lhe perguntara se ela não ia pegar seu autógrafo.
— Vou, mas não posso furar a fila.
— Por que não? — gritou o monstro.
Uma Martelli não precisava entrar em filas em Frondosa. Mas a minha Ariadne foi para o fim da fila.
Dubin apresentou Franco a Fulvio Edmar, interrompendo os autógrafos. Os dois conversaram. Fulvio não entendeu por que Franco passou o tempo todo chamando-o por outro nome. Nem o tom ameaçador, apesar do sorriso, com que começara a conversa dizendo: "Então é você o tal de Agomar?". E a maneira como dissera que não acreditava muito naquele negócio de astrologia. Antes de também tentar esmagar os dedos do Fulvio com um aperto de mão.
Depois Franco conversou com Dubin. Queria saber como estava indo a sua pesquisa. Se Dubin já tinha chegado a alguma conclusão, e se ele e seu irmão Fabrizio seriam os vilões da história da sucessão na fábrica Galotto. Mais tarde Dubin me contou que Franco perguntara quem era eu, afinal. E que inventara uma legenda para mim na hora. Eu era geólogo. Estava investigando a tese de que um meteoro se chocara com a Terra no exato ponto em que, milhões de anos depois, se ergueria

Frondosa, e deixara uma cratera. O solo de Frondosa guardaria resíduos da matéria do meteoro, desconhecida no resto do mundo. Resíduos da explosão permaneceriam em suspensão no ar de Frondosa, o que explicaria muito do caráter único da cidade. E que Franco estranhara, porque pensava que eu e o Agomar estivéssemos lá para ver a final do futsal.

Eu estava ao lado da mesa em que Fulvio dava autógrafos quando chegou a vez da Ariadne. Ele levantou-se para cumprimentá-la. Ela elogiou seu trabalho. Era difícil acreditar que Ariadne, que falava várias línguas, que sabia a diferença entre Monet e Manet, que gostava de poesia e cuja prosa iluminada me encantara desde a primeira frase apesar das incorreções e da falta de vírgulas, fosse uma admiradora de Fulvio Edmar. Mas lá estava ela dizendo "Sou sua admiradora". E depois perguntando se ele fazia mapa astral. E ele perguntando se ela queria que fizesse o seu. E os dois combinando — longe dos ouvidos do Franco — uma visita dele à casa dela para fazer seu mapa astral. E ela dando seu endereço ao Fulvio e dizendo "sábado à tarde, vou dar ordens para deixarem você entrar", e eu olhando seu perfil, embevecido, e pensando: quando ela for minha, depuraremos os seus gostos literários. E o que Ariadne esperava ver nas estrelas? Seu próprio suicídio?
    Fulvio perguntou:
    — Qual é o seu signo?
    — Aquário — disse a minha amada.

Às onze horas da manhã seguinte eu estava no cemitério de Frondosa. Não foi difícil encontrar Ariadne. Vi-a de longe. Estava, sozinha, em frente a um mausoléu. Deduzi que nas suas visitas ao cemitério a vigilância era dispensada. Nem a sogra sinistra nem os armários estavam por perto. O túmulo no qual ela acabara de colocar flores era um jazigo da família Galotto. Na noite anterior, ela só falara no "túmulo da mamãe", não no túmulo "dos meus pais" ou "da família". Talvez as visitas e as flores fossem só para a mãe para aplacar sua culpa. Me lembrei do que ela escrevera, que a mãe morrera sem perdoá-la. E da falta que lhe fizera o olhar sereno de uma esfinge, de uma mãe próxima e compreensiva em vez de distante como uma lua sombria, para abençoar seus filhos e perdoar seu amor proibido. Ela vinha ao cemitério para exorcizar sua culpa e ser perdoada. Talvez aquilo explicasse a ausência de vigilância. O tirânico Franco respeitava aqueles momentos mais dolorosamente pessoais da mulher. Ou talvez a vigilância estivesse escondida. Desconfie de cada sombra, me ensinara o Le Carré.

Ariadne me recebeu com um sorriso e um aperto de mão, mas não me olhou nos olhos. Tentei começar num tom jovial:

— Como é, vamos publicar um livro?

Ela sacudiu a cabeça. Não.

— O livro não está pronto.

— Só vai ficar pronto depois que você...

Hesitei. Como dizer aquilo, "depois que você se matar"? Procurei outras palavras, mas não era preciso. Ela não estava mais me ouvindo. Notei que os túmulos de cada lado do jazigo dos Galotto tinham subitamente recebido visitantes, surgidos do nada. Ela cochichou:

— São seguranças do Franco. É melhor você ir embora.

— Mas... e o nosso livro?

— Depois nos falamos.

— Escute...

Aproximei-me mais dela. Sussurrei:

— Nós vamos tirar você daqui.

— O quê?

— Prepare-se. Nós vamos levar você.

— Como, levar? Quem?

— Prepare-se.

Ela afastou-se de mim, para fingir que arrumava as flores no jazigo. Saí do cemitério na direção da casa da Loló. Se Franco pedisse explicações sobre aquele encontro, eu diria que fora casual, que eu estava a caminho da Loló através do cemitério e simplesmente parara para cumprimentar dona Ariadne.

Mas os seguranças vieram atrás de mim. Só depois fiquei sabendo: eles não vigiavam Ariadne. Estavam me seguindo. Vigiavam um possível subornador do Mandioca.

Era impossível não adivinhar qual era a casa da Loló, na rua que ladeava o cemitério. O palacete cor de abóbora destacava-se da carreira de casebres como um canino dourado numa dentadura podre. A própria Loló, vestindo um surrado robe de seda e com traços do rímel que escorrera pelo Uruguaio ainda no rosto, abriu a porta, disse, irritada, "A essa hora?" e me mandou entrar e esperar. Teria que acordar uma das meninas. E passei o resto da manhã conversando com a moça que conhecera o professor Fortuna no ônibus e que me contou como era o sexo tântrico praticado pelo professor. Não havia contato físico. O homem e a mulher se encaravam e trocavam emanações, ondas eróticas que provocavam multiorgasmos hipotéticos. Ela acariciou com o dedo a cicatriz que tenho em cima do olho esquerdo, obra da Corina, e me convidou para subir ao seu quarto e fazer sexo de verdade. Agradeci e recusei. O dinheiro que o Marcito me dera para a Operação Teseu não previa extravagâncias, mesmo com o desconto matinal que a casa oferecia. Quando saí da casa da Loló, vi que os seguranças do

Franco tinham improvisado um jogo de futebol com uma lata de cerveja no meio da rua, enquanto me esperavam. Voltamos para o centro através do cemitério vazio, em fila indiana.

Nossa dúvida, recrutar ou não a Paula, seu pai, Lúcio Flávio e os muitos desafetos dos irmãos Martelli em Frondosa para a nossa missão, acabou sendo decidida pelo professor Fortuna. Se o desfecho dessa história estava preordenado nas estrelas, o professor Fortuna agiu como um agente das estrelas. E precipitou, vertiginosamente, os acontecimentos. Sua palestra no Clube dos Poetas foi numa sexta-feira à noite. No fim da tarde de sábado tudo que tinha que acontecer acontecera. Culpa das estrelas. Culpa de um maluco. Culpa minha. Culpa, acima de tudo, da literatura.

Pouca gente apareceu para ouvir o professor Fortuna na pequena sala do Clube dos Poetas, naquela sexta-feira. Nem o presidente do Clube estava lá. Rico tivera que se esconder, depois da acusação de ter desconcertado o craque Mandioca antes do jogo decisivo, e da ameaça de levar um tiro na outra têmpora para ver se também ricocheteava caso o time da Galotto perdesse no sábado. O título da palestra do professor era "Neoplatonismo em Dostoiévski e Machado de Assis", mas a única referência aos dois escritores feita pelo palestrante foi a surpreendente observação de que, sendo os dois mulatos, seus estilos tinham muito em comum.

    O professor Fortuna começara com uma declaração categórica, depois de esfregar por algum tempo os dois lados do nariz:

    — A literatura terminou com Sófocles. Tudo que veio depois é postscriptum.

Em seguida provocara um gemido de revolta do Lúcio Flávio ao proclamar que o único mérito de Proust era o de ter dado uma reputação literária à asma.

Mas revoltante mesmo, para a maioria feminina da plateia, fora sua afirmação de que era desaconselhável a alfabetização de mulheres, pois havia o risco de se tornarem escritoras, que ele definia como seres perigosíssimos. Foi quando Dubin e eu finalmente nos convencemos de que o professor era louco. O próprio professor se deu conta da indignação que causara e tentou remendar, dizendo que algumas escritoras redimiam a espécie e compensavam, com seu talento, o estrago que causavam à sua volta. Aliás, talvez não soubessem, mas ali mesmo em Frondosa estava nascendo uma escritora excelente, Ariadne Martelli, cujo primeiro livro o autorizava a compará-la, até, com a húngara Ivona Gabor.

Paula não esperou o professor terminar sua palestra para nos confrontar. Ariadne escrevendo um livro?! Que história era aquela?! Prometemos contar tudo, mas não ali. Saímos à procura de uma mesa de bar. Com o movimento de sexta-feira no calçadão, não foi fácil encontrar as condições ideais para nossas grandes revelações. Finalmente conseguimos um canto razoavelmente discreto. Paula, seu pai, Lúcio Flávio, Dubin, Fulvio e eu em torno de uma mesa minúscula. O professor ficara no Clube dos Poetas, enfrentando um público cada vez mais irado. A última frase que ouvíramos dele, respondendo a uma pergunta da plateia, fora que a Virginia Woolf deveria ter sido abatida a tiros.

Dubin começou. Contou da chegada dos manuscritos à editora. Da nossa decisão de investigar a origem dos manuscritos.

Da sua vinda a Frondosa como espião. Sim, mentira para Pa-o--la. Pedia perdão, mas fizera tudo pela missão. Até comungar. Depois foi minha vez de falar do livro da Ariadne. Não era um livro. Era um testamento, uma confissão, uma denúncia. Ariadne tivera um caso com o irmão mais moço, Augusto. Seu marido descobrira e mandara assassinar o irmão. Mantinha Ariadne como prisioneira, sob vigilância constante, para que não revelasse o que sabia, para não fugir do seu controle. Mas não contara com a literatura. Ariadne começara a escrever seu terrível relato escondida e a mandá-lo para a editora com a ajuda do irmão mais velho. Descrevia seus encontros com Augusto na casa do ipê-amarelo, as noites de amor sob o céu que lembrava um papel-carbono perfurado, a morte do seu "Amante Secreto", tudo. Dizia que no fim do relato, completada a sua vingança, se suicidaria. Mas eu estava lá para salvá-la. Depois me corrigi: nós estávamos lá para salvá-la. E já que agora sabiam de tudo, contávamos com Paula, Afonso e Lúcio Flávio para nos ajudarem em nossa missão. Que, com a inconfidência do professor Fortuna, ganhara uma urgência maior. No dia seguinte toda a cidade saberia que Ariadne estava escrevendo um livro. Franco saberia. Talvez ficasse sabendo naquela noite mesmo. A vida de Ariadne corria perigo imediato. Precisávamos agir.

Nada espantara mais nossos novos cúmplices do que a notícia de que o angelical Augusto estaria sepultado no círculo de cimento da praça. Todos se lembravam de como o horrendo pedestal vazio fora feito às pressas, durante uma noite, e como o irmão mais moço de Ariadne simplesmente desaparecera. Passado o espanto, Paula se deu conta: se os irmãos Martelli fossem acusados, haveria uma razão judicial para desmancharem o círculo de cimento, à procura do corpo. Desmanchariam o círculo de cimento a picaretadas!

Afonso se animou com a perspectiva de escrever editoriais candentes sobre o escândalo, que não era mais do que um reflexo da crise moral de toda uma classe. E Lúcio Flávio, antevendo as colunas que escreveria sobre o caso, com repercussão nacional, finalmente seus dias de glória, resumiu o sentimento dos três com uma palavra:

— Sensacional!

E todos concordavam: precisávamos agir. Mas como?

Ariadne marcara a visita do Fulvio Edmar, que faria seu mapa astral, para a tarde do dia seguinte. Sábado, dia da final do campeonato de futsal. Isso significava que ela não iria ao jogo final com o marido. Talvez alegasse uma enxaqueca. Fulvio Edmar seria o nosso homem-chave, disse eu. Nosso homem extremamente dentro. Estaria encarregado de extrair Ariadne do covil do monstro.

— Eu?! — disse Fulvio. — Eu não!

Não lhe demos atenção. Ele convenceria Ariadne a sair da casa com ele. Poderia dizer que estava nos astros, que as estrelas mandavam ela fugir.

— Fale na estrela do Oriente — instruí. — Diga que ela deve seguir a estrela do Oriente.

Nós estaríamos esperando por perto, no carro da Paula. Levaríamos Ariadne para um lugar seguro. Talvez a chácara do Afonso, até que pudéssemos tirá-la do município. Não era um plano perfeito. Mas não havia tempo para pensar em outro.

Paula pediu para ler o manuscrito da Ariadne. Combinei que o entregaria no dia seguinte, de manhã. Com uma condição: que ela não deixasse o Dubin chegar perto do texto e começar a botar vírgulas.

15.

Sylvia Plath.

— O quê?

— Sylvia Plath. Ariadne copiou trechos inteiros da Sylvia Plath.

Paula segurava a pasta de plástico com o manuscrito de Ariadne numa mão e um livro na outra. Era o dia seguinte e estávamos no saguão do hotel, sentados em velhas poltronas forradas de veludo, ou o que tinha sido veludo um dia. Dubin me olhava com preocupação, sem saber como eu reagiria ao que Paula ia me mostrar.

— Olhe aqui... — disse Paula.

Tinha sublinhado com lápis as frases copiadas. "Se a Lua sorrisse, se pareceria com você..." "Morrer é uma arte como qualquer outra..." "A Lua arrasta o mar atrás de si como um crime sombrio..." Estava tudo no livro que ela agora me mostrava, os poemas completos de Sylvia Plath, em inglês.

— A esfinge — perguntei. — Tem algum verso sobre a esfinge?

— Tem. Foi o que me fez desconfiar. Eu sabia que já tinha lido aquilo em algum lugar. Fui procurar o livro da Sylvia Plath que a Ariadne me trouxe da Europa, há anos. Estava lá. E a descrição do "Amor Secreto" como uma criança dourada. E "estou pronta para a enormidade...".

— A história dela é inventada — disse Dubin, gentilmente, como se me desse a notícia de uma morte.

— Outra coisa — continuou Paula. — Nunca houve um ipê-amarelo na frente da casa dos Galotto. E a mãe da Ariadne não era nada como ela descreve. Coitada da dona Ritinha. Tudo invenção.

Senti-me como um animal eviscerado. Pensando: então é isso que chamam de "vazio interior". Tentei falar, mas não tinha mais pulmões nem diafragma. Me lembro de sacudir a cabeça várias vezes, num "sim" mudo que queria dizer certo, pronto, vamos pra casa, acabou. Culpa minha por não ter entendido a florzinha em cima do "i". Mas não tinha acabado.

Passava das quatro da tarde. Paula ficara toda a manhã lendo e relendo o texto da Ariadne e o resto do tempo procurando o livro da Sylvia Plath, depois comparando o texto com os poemas. Quando ela e Dubin chegaram ao hotel, eu já tinha despachado Fulvio Edmar para a casa de Ariadne. Naquele horário era certo que Franco não estaria lá, a final do futsal começava às quatro. E era provável que todos os seguranças dos irmãos Martelli também estivessem no ginásio, para não perder o jogo. Fulvio só teria que enfrentar a sogra escura para tirar Ariadne da casa. Estaríamos esperando no carro da Paula perto da casa, para levar Ariadne e escondê-la. Mas agora precisávamos correr para interceptar o Fulvio, ou de alguma maneira avisá-lo que tudo mudara. A história da Ariadne era ficção. Fulvio, naquele momento, era o personagem mais vulnerável de qualquer trama de espionagem: o agente desconectado da sua base que não sabe que o plano foi abortado.

Paula dirigindo, Dubin no banco da frente, eu, reduzido à minha carcaça, atrás. Uma estranha movimentação na rua. Pessoas esbravejando. Uma multidão vindo do ginásio, como se o jogo já tivesse terminado. Impossível, o jogo começara havia pouco, não podia ter terminado. Alguém gritando: "Tem que matar! Tem que matar!". Gente enchendo a rua, impedindo a passagem do carro. Paula, com a cabeça para fora, perguntando: "O que houve?". Alguém respondendo, raivoso:

— O Mandioca entregou o jogo!
— Como, entregou?
— Entrou pra bagunçar. Com dez minutos, já tinha feito dois gols contra.
— E o jogo já acabou?
— Foi suspenso antes de terminar o primeiro tempo. A torcida invadiu a quadra pra pegar o Mandioca. Maior confusão. O Mandioca deve estar correndo até agora.

Normalmente, do hotel até a casa da Ariadne levaria quinze minutos. Levamos quase uma hora. Sabendo que, com o jogo suspenso, se não estivesse correndo atrás do Mandioca, Franco já estaria chegando em casa. E encontrando Ariadne com Fulvio. Que ele julgava ser o Agomar.

Estacionamos na frente da casa. Portão fechado. Não sabíamos se Franco já chegara. Vimos dois carros na rampa da garagem, atrás da cerca de ferro. Um deles poderia ter trazido Franco do ginásio. Fazer o quê? Tocar a campainha ou esperar? E esperar o quê? Que Fulvio saísse pelo portão, apavorado, fugindo, ou caminhando calmamente e... Então ouvimos o que temíamos, o que cada um esperava ouvir, mas não ousara dizer. Um tiro. Depois outro.

A praça estava tomada pela multidão. O professor Fortuna, na porta do hotel, acompanhava o movimento de olhos arregalados. Contamos o que tinha acontecido. Hesitáramos depois de ouvir os tiros. Ficar ou fugir? Ficar não adiantaria nada. Se tivesse acontecido o que imaginávamos, ninguém nos deixaria entrar. Esperamos para ver se saía alguém da casa. Ninguém saíra. O silêncio da casa depois dos tiros era um ominoso silêncio de túmulo. Paula decidira: nos deixaria no hotel e iria procurar seu pai. O velho Afonso saberia o que fazer.

Eu me atirei numa das poltronas puídas do saguão do hotel e fechei os olhos.

    Dois tiros. O que nós tínhamos feito? O ruído da multidão na praça era um ronronar constante do qual vez ou outra sobressaía uma palavra raivosa. O que estavam gritando? Ouvi, ao longe, por cima do ronco da praça, uma sirena. Uma ambulância! Tinham chamado uma ambulância na casa dos Martelli. Sinal de que ninguém estava morto. Só havia feridos. Dois tiros. Dois feridos. Ou um ferido por dois tiros. Onde estava o Dubin? Eu precisava lhe dar aquela boa notícia. Ninguém morrera. Estávamos salvos.

O som da multidão aumentara. Chegara mais perto. As palavras ficavam mais claras. "Ali, ali!", ouvi alguém gritar. Abri os olhos. Um gordo sem camisa aparecera na janela do hotel e apontava na minha direção. "Aquele, aquele!" As palavras formavam frases, mas as frases não faziam sentido. "Foi ele que trouxe o dinheiro pro Mandioca. Ali, ali!" Reconheci o motorista de táxi que nos trouxera da rodoviária. Mais gente apareceu na janela do saguão e na porta do hotel. Os de trás espichando o pescoço para ver. "Quem é? Quem é?" E o gordo sem camisa repetia "Aquele, aquele! Ali, ali!".

Subi correndo pela escada. Me trancaria no meu quarto e repeliria o ataque da horda com o que estivesse à mão. Que história era aquela, que eu trouxera dinheiro para o Mandioca? Estavam me confundindo com quem? Na escada encontrei o Dubin, que descia carregando a pequena mala que levara de Porto Alegre, agora abarrotada com o enxoval que ganhara do Uruguaio.

— Vamos dar o fora, velho! — gritou Dubin. — Pegue as suas coisas e desça.

— Acho que os tiros não mataram ninguém. Só feriram. Ouvi uma ambulância...

— Tá bom, tá bom, mas vamos embora.

— Como? O hotel está sendo atacado. Não podemos sair.

— Tem uma saída pelos fundos.

— E depois?

— Sei lá. Procuramos a Paula. Ela pode nos levar até a rodoviária.

— Mas a portaria do hotel está cheia de gente. Querem me pegar!

— Por causa da Ariadne?

— Por causa do Mandioca!

Dubin não entendeu.

— Do Mandioca?!

Mas não havia tempo para explicações.

— Tá bom, tá bom. Depois você me conta. Agora pegue a sua mala!

Peguei a minha mala. Desci pela escada, esperando encontrar uma turba no saguão, pronta para me linchar. Mas o que vi, ao pé da escada, foi a simpática cara de turco do Túlio, que acabara de chegar. Dubin já lhe contara o que acontecera. Ele concordava: era melhor darmos o fora. Nos levaria para Porto Alegre. Estávamos prontos? Só faltava acertar a conta do hotel. E encontrar o professor Fortuna.

Acho que a horda só não invadiu o hotel porque ficou intimidada com o tamanho do Túlio. Mas pagamos a conta ouvindo gritos de "Filho da puta!" e "Vamos te pegar, desgraçado!". O Dubin ainda custou a se acertar com o gerente do hotel. O Uruguaio pagara parte da sua conta adiantada, mas não toda. Dubin disse que iria pegar dinheiro com a Paula e voltaria em seguida. Tínhamos combinado que sairíamos pelos fundos e o Túlio nos pegaria numa rua lateral. E o professor? Não podíamos esperar. Minha vida corria perigo. O professor que cuidasse da sua. Assim que o Túlio saiu pela porta da frente do hotel, repartindo a multidão com seu corpanzil, Dubin e eu corremos para a porta dos fundos. E saímos de Frondosa fugidos. Triste fim da Operação Teseu.

Na estrada, dentro do carro do Túlio zunindo para Porto Alegre, tentei não pensar nos dois tiros, e no que podia ter acontecido dentro da casa dos Martelli. Franco chegando do jogo, cheio de raiva, encontrando Ariadne com Fulvio Edmar, que ele pensava ser o homem que mandava cartões escondido para sua mulher, e... E o quê? Atirando no Fulvio? Atirando nos dois? Tentei não pensar. Tentei obliterar Frondosa do pensamento como se ela tivesse deixado de existir, como se um meteoro igual ao inventado pelo Dubin a tivesse atingido, ou o vulcão supostamente responsável pela topografia da região tivesse explodido outra vez e sepultado a minha culpa em cinzas. Olhei as estrelas. Os furos no céu que deixavam passar a luz branca como a morte que há por trás de tudo, segundo a Ariadne. Ou segundo a Sylvia Plath.

— Onde fica a Corona Borealis? — perguntei.

— Acho que não se vê aqui — disse o Túlio. — Só no hemisfério Norte.

Melhor, pensei. Pelo menos isso. Não haverá uma constelação inteira sobre minha cabeça para me lembrar de Ariadne.

Saiu pouca coisa nos jornais. Se não fosse a identidade de um dos mortos, o astrólogo Fulvio Edmar, tudo não passaria de um lamentável acidente doméstico, como o definiu o delegado que cuidou do caso e que por acaso era parceiro dos Martelli nos carteados do clube. Tiros disparados por engano contra um suposto assaltante, algo que acontece todos os dias, nada que mereça muita atenção. Apesar de sempre haver os maliciosos que inventam coisas e dizem que a história está mal contada, que foi um crime passional etc. etc., o fato é que só a morte do Fulvio Edmar foi notícia. A morte de Ariadne foi muito lamentada. Serviu para as pessoas sacudirem a cabeça imaginando a dor do marido ao descobrir que um dos seus disparos atingira a própria esposa, uma moça tão bonita. Mas só isso. Como disse, sucintamente, o delegado ao encerrar o assunto: "Acontece".

Durante algum tempo o Dubin se manteve em contato com a Paula, por carta e telefone. Ela lhe contou tudo que acontecera depois da nossa fuga de Frondosa, depois do triste fim da Operação Teseu. Contou como eu e o Fulvio, por alguma razão, éramos suspeitos de ter levado dinheiro para subornar o Mandioca. Ainda não sabiam se Mandioca fora mesmo subornado para entregar o jogo ou apenas se revoltara contra o que tinham feito com ele, trancando-o no hotel como um bicho, interferindo na sua vida sexual, proibindo-o de manter o equilíbrio dos fluidos corporais que garantia seu bom desempenho na quadra. Ninguém sabia que fim levara o Mandioca. Alguns falavam que ele estava jogando no interior do Paraná, com outro apelido. Outros diziam que a multidão o tinha alcançado, naquela tarde, e ele nunca mais jogaria. Rico também desaparecera da cidade. Ah, e a partida interrompida com a invasão da quadra fora anulada e disputada em outra data. Antes do jogo tinham feito um minuto de silêncio em honra da dona Ariadne, mulher do diretor Franco. Mesmo sem o Mandioca, o time da Galotto ganhara e era campeão regional.

Paula também contou do sepultamento da Ariadne no jazigo da família Galotto. Augusto, o irmão mais moço, viera de Santa Catarina, onde era dono de um quiosque de praia. Ainda usava uma argola no nariz. Ariosto, o irmão mais velho, completamente bêbado, insistira em fazer um discurso, no qual, se Paula o entendera bem, atacara a passagem do tempo. Paula só guardara uma frase do discurso. "Uma geração indo, outra geração vindo... Isso tem que parar!" Durante o enterro, Franco chorara de fazer dó, mas no dia da vitória do time da Galotto no futsal fora carregado em triunfo depois do jogo, junto com o irmão Fabrizio, pelos seus seguranças, dando murros no ar.

Paula prometera a Dubin que viria sempre a Porto Alegre, para que o amor deles, nascido entre insetos e carrapatos, não morresse. Mas nunca viera. Com o tempo as cartas e os telefonemas entre os dois começaram a rarear. Numa das suas últimas cartas, Paula fizera um apanhado de tudo que deixáramos para trás em Frondosa, uma espécie de rescaldo da Operação Teseu. Seu pai fora obrigado a fechar o jornal, sem o patrocínio do Uruguaio, e agora dedicava-se exclusivamente às suas experiências com rosas. Pretendia criar uma rosa de um vermelho inédito, que chamaria de Rosa de Luxemburgo. Despedira-se do jornalismo com um violento editorial contra a decadência moral da burguesia e o abastardamento do mundo, que terminava com um protesto contra a displicência do delegado local na investigação das mortes na casa dos Martelli. Franco, o matador, ficara livre, apesar de, curiosamente, o suposto assaltante estar fazendo o mapa astral da dona da casa ao ser baleado. Loló, sem a ajuda do Uruguaio, também fechara sua casa. Ameaçava escrever um livro, contando tudo sobre sua vida e seus clientes. Loló, quem diria, também sucumbira à tentação literária. Lúcio Flávio a ajudaria e já anunciara que daria um tom proustiano às memórias da velha. O padre Bruno fora substituído por um padre mais moço, que ouvia perfeitamente bem e não submetia os pecadores municipais a vexames. E o professor Fortuna continuava em Frondosa! Dava um curso de filosofia oriental, do qual faziam parte aulas de sexo tântrico grupal sem contato físico, usando o que ele chamava de Distância Orgiástica, ou a erotização do espaço. O horrendo círculo de cimento continuava no mesmo lugar, resistindo à urina diária do Ariosto Galotto, e, pior: uma pesquisa revelara que a maioria da população de Frondosa preferia o cimento no meio da praça, e provavelmente reelegeria Fabrizio Martelli.

* * *

Os alunos do Dubin não entendem a mudança no professor depois que ele voltou. Acabaram-se as brincadeiras, acabaram-se as aulas divertidas e as pronúncias diferentes, como a sua inigualável imitação do Zé Colmeia explicando a metafonia. A bela Bela também reclama que Dubin não a incomoda mais com bobagens, que se tornou um homem sério e aborrecido. Continuamos a nos encontrar no bar do Espanhol, mas a maior parte do tempo em silêncio, tentando ficar bêbados o mais rápido possível. A ponto de o Espanhol também reclamar: "Como é, não vão mais brigar?" e ameaçar nos expulsar do bar por bom comportamento. No outro dia perguntei ao Dubin se ele tinha alguma novidade de Santa Edwige dos Aflitos, mas ele apenas sorriu e disse "Províncias estranhas, províncias estranhas", e mais nada. Nunca falamos sobre Frondosa. É como se o meteoro a tivesse atingido e só sobrassem no local curiosidades arqueológicas, coisas sem alma e sem vida, nada a ver conosco. O Tavinho insiste em saber detalhes da operação frustrada, mas desconversamos. Minhas ressacas de segunda-feira voltaram e minhas cartas de rejeição se tornaram ainda mais violentas. Resolvi desengavetar meu romance de espionagem e descobri que dera ao meu personagem principal, o jornalista que desvenda uma conspiração americana para sabotar o programa nuclear brasileiro, o nome Agomar Peniche. Estou pensando em inventar um pseudônimo para o autor e recomendar ao Marcito a publicação do meu próprio livro. Na ficção você pode se meter na vida dos seus personagens o quanto quiser. Pode até matá-los, se desejar. Sem culpa, sem remorso e nunca por acidente. Ou então salvá-los.

O Marcito, para minha surpresa, financiou o transporte e o enterro do corpo de Fulvio Edmar. Colocamos um anúncio fúnebre no jornal, mas ninguém apareceu no enterro, nem parente, nem amigo, nem um dos seus milhares de leitores. Eu e o Dubin éramos os únicos lá. Mas as notícias da morte por engano do autor reavivaram o interesse por *Astrologia e amor*, e Marcito ordenou outra reimpressão. Significará mais uma moto para sua coleção. Dessa vez sem brigas sobre o direito autoral.

Eu tento não encarar o Black, que todos os dias me repreende com seu olhar. E tento me convencer de que já domino a arte de desaparecer contra o fundo para não ser visto ou lembrado. Sei que o teste será quando a Corina entrar pela porta com seu livro de quatrocentas páginas para atirar na minha cabeça. E ela entrará. Cedo ou tarde, ela entrará. Se me enxergar, será porque ainda não sou um camaleão perfeito.

ESTA OBRA FOI COMPOSTA PELA PÁGINA VIVA EM UTOPIA E
IMPRESSA EM OFSETE PELA GEOGRÁFICA SOBRE PAPEL PÓLEN BOLD
DA SUZANO S.A. PARA A EDITORA SCHWARCZ EM NOVEMBRO DE 2022

A marca FSC® é a garantia de que a madeira utilizada na fabricação do papel deste livro provém de florestas que foram gerenciadas de maneira ambientalmente correta, socialmente justa e economicamente viável, além de outras fontes de origem controlada.